航空自衛隊
副官 怜於奈❹

数多久遠

ハルキ文庫

角川春樹事務所

目次

第一章　ＶＩＰドライバーの反撃――5
第二章　副官と泥水――61
第三章　副官の見つめる後ろ姿――121
第四章　副官の受ける薫陶――211

第一章　ＶＩＰドライバーの反撃

庁舎の群れが、白み始めた東の空を背景に影絵のように佇《たたず》んでいる。三和三等空曹《みわさんとうくうそう》は、クラウンのエンジンをかけ、ライトを点灯させた。暗闇《くらやみ》の中に緑の芝生が浮かび上がる。三和がかすかにアクセルを踏み込み、副司令官車は車庫から滑り出した。

日本標準時は、兵庫県の明石《あかし》市を通る東経一三五度の子午線を基準として定められている。そのため経度で約七度ほど西にある那覇《なは》では、日の出も日の入りも、他の地域と比べると遅れがちだ。もう少し分かり易《やす》く、かつ正確に言えば、経度七度分、つまり時間にして約三〇分だけ、時刻の割に太陽の動きが遅れている。

結果として、早朝から動き出す仕事は、沖縄《おきなわ》では他の地域よりも暗い中で始めなければならない。

早朝五時五〇分、秋が深まりつつあるこの季節、三和が仕事を始める時刻に、周囲はまだ暗かった。三和が車を停止させ、ライトを消してエンジンを止める。

副官付兼ＶＩＰドライバーの仕事は、洗車から始まる。

大抵の基地では、洗車は車両の使用後に行う。朝は羽ぼうきで埃《ほこり》を払うだけだ。しかし、東シナ海に面した海岸線にある那覇基地は、湿気だけでなく潮気も多い。前日の内に洗車してあっても、塩を含んだミストが夜風に運ばれてくる。微小なミストは、車庫の中にさえ入り込む。翌朝、羽ぼうきでそれを拭《ぬぐ》おうとすれば、ミストが薄く広がりまだらのようになってしまう。始業前の早朝に洗車するしかなかった。

ＶＩＰ車両の洗車は手洗いが基本だ。全自動の洗車機なんてあるはずはなく、高圧洗浄機は車を傷めてしまう。自衛隊には、高圧洗浄機を使わざるを得ないつや消し塗装の車両も多いが、ＶＩＰ車両は基本的に市販車なので手洗いすることになる。高圧洗浄機を使うのは下回りだけだ。

踏み台を使い、ルーフの上から大量の水をかけながらスポンジで丁寧に洗う。拭うと言うよりは、塗膜の上を滑らせるような感じだ。とにかく、傷を付けないことが大切だった。ほんのわずかな傷でも、見つければコンパウンドを使い、磨いて消す。ワックスがけは、基本的に週一度だけ。

内装の清掃も欠かせない。ハンディ掃除機で埃を吸い取り、手の触れる樹脂部分やフロアマットなどは水拭《みずぶ》きする。

毎日の洗車は面倒な作業だったが、これでも昔よりは楽になっているらしい。今は高級車でもメッキの外装はほとんどないが、昭和の時代のＶＩＰ車両は、ミラーやモールにメッキ部品が使われていた。自衛隊におけるメッキ部品のメンテナンスには、専らピカールが使用される。全《すべ》てのメッキ部品を、鏡のように磨き上げなければならなかったらしい。

そろそろ、守本二曹《もりもとにそう》もやってくるだろう。副司令官は、司令官よりも先に登庁する。当然、三和が、副司令官の目黒《めぐろ》空将補を迎えに出発するのは、守本よりも先になる。しかも、三和は洗車後に朝食を食べに行かなければならない。洗車は、文字通りの朝飯前仕事だった。

「今日のおかずはなんだっけ？」

朝食のメニューを思い出し独りごちた。三和のように早朝から動き出す隊員のためには、持ち帰りのできるパンと牛乳も準備されている。しかし、三和は朝食には白いご飯と味噌汁《みそしる》が必須《ひっす》だと思っていた。

潮気と埃を洗い落としたら、固く絞ったセーム革で拭き上げる。三和が拭き取りを始めたところで守本が登庁してきた。隣の洗車スペースに司令官車を移動させ、同じように洗車を始める。この時間は、貴重なコミュニケーションの時間でもあった。

「そろそろ慣れてきたんじゃないか。余裕ができてきただろ」

守本は、輸送員としてはもちろん、ＶＩＰドライバーとしても先輩だ。その守本に慣れてきたと言ってもらえることは嬉《うれ》しかった。とは言え、三和自身は、まだまだとても慣れてきたとは思えない。

「冗談じゃないっすよ」

守本と二人だけで話す時は、口調も本当に崩していた。やはり、同じ地上輸送員だということが大きい。

「こうして車を洗ってたり、副司令官車を運転している時はいいっすけど、副官室の仕事は初めてやることばかりで、慣れたなんてとてもとても。MR《エムアール》なんかで人がいない時は、『頼むから電話は鳴らないでくれ』って祈ってるんすよ」

三和が泣き言を言うと、守本は笑っていた。

「なんだ、ヤバイ人から電話を受けたことでもあったのか?」

「定番の『俺《おれ》だ!』ってのはないっす」

VIPへの電話番をしていると、名を名乗らず「俺だ」で話し出す相手は少なくない。定番の困ったちゃんと言えた。三和も、その話を聞かされていた。

その場合、電話をかけてきているのは大抵そのVIPよりも更に上の人物で、偉そうに階級や立場を言うことに気恥ずかしさを感じるから「俺だ」で済まそうとしていると聞いたことがあった。しかし、たとえそうだとしても、「俺だ」と言われた者が、どれだけビビッているか考えて欲しいものだった。

三和は、その定番を食らったことはないものの、別の困ったちゃんには遭遇したことがあった。

「でも、副官付だって名乗ってるのに、言付けてくれっつって、訳の分からない話をベラベラと話してくる人はいました」

「それ、どうした？　聞き取れなかったんだろ？　相手は誰《だれ》だか分かってたのか？」

「もう一度お願いしますって言おうとしたんですけど、あっという間に切られてしまいました。総隊司令官だったんですけど、どうしたらいいか分からなくて……」

「で、どうしたんだよ」

　守本の声は笑っていた。彼が車にかけている水が立てるピチャピチャという音も、楽しそうに震えている。

「副官にお願いしました。『総隊司令官から伝言を頼まれたんですけど、何を言われたか分かりませんでした！』って」

　正確には、泣きついたと言うべきだった。しかし、あまりにもカッコ悪い。

「副官も災難だなぁ。どうなったんだ？」

「副官が、総隊司令官の副官に電話して、伝言の内容を聞いてもらいました。副官も電話しながら『スミマセン、スミマセン』って」

　それを聞いた守本は、スポンジを持ったまま腹を抱えていた。酷《ひど》いにも程がある。

「まあ、そういうのは慣れるしかないさ。向こうは、このくらい常識だと思っているからベラベラと話してくるんだ。でも、今まで輸送員としての仕事しかしてこなかったのに、副官付の常識を知っていると思われても無理があるんだよなぁ」

「そうっすよね。たまりませんよ」

こんな愚痴を言えるのも、相手が守本だからだ。

「でも、確かに最初の頃《ころ》ほどには緊張しなくなりました。一佐《いっさ》でも、普通のおっさんにしか見えない人もいるし、要注意な人とそうでない人も分かってきましたから」

「目黒将補はどっちなんだ？」

副官付兼副司令官ドライバーとして、三和が最も接する機会が多いのは、副司令官の目黒だ。毎日の登庁、退勤時の送り迎えの時は二人きりになる。司令官の溝《みぞ》ノ口《くち》ほどではないものの部外行事への参加も多い。その際の送り迎えも、大抵は二人きりだ。この点では、副官が随行するため三人で移動することの多い守本よりも、三和の方が厳しい立場だった。

「細かいし、厳しいですが、変なことを言う人じゃないですね。やっぱ怖いですけど」

目黒の場合、ガタイがデカイ上、顔にも厳しさが表れているのも怖い理由の一つだった。

部外での行事には沖縄版アロハシャツと呼ばれることもあるかりゆしウエアを着るケースが多い。黒塗りクラウンの後席にかりゆしウエアを着た目黒が座っていると、どう見てもその筋の人だった。目黒がかりゆしウエアの時は、三和もかりゆしウエアなので、自衛官だと思う人の方が稀《まれ》だろう。信号待ちで停車している時に、歩道を歩く人がビクっとする姿を見るのは、三和の楽しみの一つだった。

一度、思わず吹き出してしまったこともある。「三和三曹《さんそう》」と呼びかけられて背筋が凍った。

その目黒とも、車で移動中は冗談を返せる程度の関係にはなれた。しかし、余裕ができてくると疑問も沸いてくるようになる。

「話は変わるんですが、ＶＩＰドライバーって輸送員としてはどうなんすかね。面白そうだと思ったから、話が来たときに引き受けたんですが、仕事の内容は、他の輸送員としての仕事とは、かなり違うじゃないですか。管理隊に戻った時に、今の経験が役立つとも思えなくて……」

三和が感じていた疑問は、地上輸送特技員として自分がレベルアップできているのかというものだ。三和も守本も、正式に九空団から南西空司令部に異動していたが、ＶＩＰドライバーの役を終えれば九空団の管理隊に戻ることになる特殊な異動だ。管理隊に帰った時、同じようなレベルにいた同僚に、自分の技量が置いて行かれていないかという不安でもあった。もちろん、昇任の面などではＶＩＰドライバーの経験はプラスで評価される。しかし、実力で劣る状態になってしまわないかという不安はあるのだ。

「そんなことはないさ。どこの基地にもＶＩＰはいる。今後、指導をしなけりゃならない立場になった時に、ＶＩＰドライバーの経験がなけりゃ、指導もできないだろ」

「なるほど。そうっすね」

三和は、管理隊から選抜され副司令官ドライバーとなる際に、送り出してくれた先輩を思い出した。その先輩は、築城《ついき》基地で第八航空団司令のドライバーを勤めたことがあると言っていた。

「それに、VIPがいない分屯《ぶんとん》基地でも視察でVIPが来ることはある。将来、分屯基地で輸送班長とかになった場合を想像してみろよ。上にいる基地業務小隊長がVIP輸送についてほとんど知らないってことだってあるかもしれない。経験がなかったらどうなると思う?」

VIP輸送は単に車を運転すれば良いというものではない。車をどこに止め、どの座席に、どのような順番で乗ってもらうのかなど、プロトコールと呼ばれる接遇に関する知識が必須だった。

それを知らないまま輸送職のトップとして勤務し、上司にも指導してくれる者がいないなど、恐怖でしかなかった。

「それを考えたら、今のうちに経験できたのは良かったかもしれませんね」

地上輸送特技員として、ちょっと変わった仕事をしてみるのもいいかもしれないという程度の軽い気持ちで考えていた。しかし、特技の面でも得がたい経験のようだ。とは言え、早く副司令官ドライバー兼副官付勤務を終え、管理隊に戻りたいというのが正直な思いだった。

三和は、水滴を拭ったセーム革を絞りながら、明るくなってきた空を見上げた。

＊

副官室にいる三和は、普段からデスク前にあるカウンターに身を隠すように小さくなっていた。せっかくの迷彩作業着も、壁がクリーム色に塗られた副官室では、むしろ明彩効果を発揮している。とは言え、身を縮めなくても、カウンター上には花を生けた花瓶やVIPの部屋への出入可不可を示すランプも置かれており、さほど目立つことはない。それでも、副官室ではなるべく人目に付かないようにすることが常だった。電話口に話す声も最小限にしている。

「はい。では、副官に報告の上、連絡させて頂きます。失礼します」

三和は、電話機の終話ボタンを右手の人差し指で押した。受話器を置き、伸びをしてから腰を捻《ひね》る。村内《むらうち》三曹と目が合い、思わず固まってしまった。仕事ぶりを見られていたようだ。村内は、じっと三和を見つめていた。慌てて背を伸ばして問いかける。

「何かまずかったですか？」

VIPドライバー以外の副官付業務は、全て村内に教えてもらったと言って過言ではない。何か、まずいことをしてしまったのかもしれなかった。厳しい指導が飛んできそうで、日に焼けた顔が怖い。

「いや、逆だよ。応対もしっかりできていたみたいだし、受話器を置く前に終話ボタンを押すことも習慣になったな。一日くらいなら副官室の留守番を任せても大丈夫そうだ」

終話ボタンを押すのは、電話で話している相手に、受話器を置くガチャンという音を聞かせないためだ。副官室業務以外では、そんな指導はされない。三和は、やっとそれを忘れずにできるようになったところだった。

「え？」

予想外の言葉に胸をなで下ろしながら、疑問の声を上げた。教官役でもある村内に仕事ぶりを褒められるのは嬉しい。守本にも言われたように、確かに慣れてきた。しかし、一人での留守番は、まだ恐怖だった。ルーチン業務ならまだしも、突発事態が起ころうものなら、間違いなくパニクる自信がある。

「冗談じゃないです。まだ無理です」

今までも、短時間の留守番はやったことがある。それぞれに用事があれば、どうしようもないケースがあるからだ。しかし、しばらくすれば他の副官付が戻ってくる当てがあるから何とかなっていたことだった。丸一日の留守番なんて任されようものなら、胃に穴が開くだろう。

「そうかぁ？　何とかなると思うけどな。副官はどう思います？」

村内が、若干冗談気味に話を副官の斑尾《まだらお》二尉《にい》に振った。パソコン画面から目を上げ、一瞬だけ考える仕草をして答えた。

「いいんじゃなぁい。留守番だって、やらなきゃ慣れないもの」

副官の返しも少し冗談っぽい。三和が焦っているので、からかっているのかもしれなかった。しかし、たとえからかわれているのだとしても、しっかり否定しておかなければ、留守番を任されかねなかった。

「いや、まだ無理です！」

一人で留守番になるケースは、大抵が司令官が出張の場合だ。自《おの》ずと副官も不在となるし、高確率で守本も外に出る。司令官が那覇を離れる場合では、基本的に副司令官が那覇に留《とど》まるため、逆に、三和は司令部に留まらなければならない。副司令官と幕僚長《ばくりょうちょう》に対する副官室業務を、三和と村内で行うことになる。

その場合でも、村内が副官室を離れなければならないことがある。一時的ならまだしも、そうでない場合もあるのだ。

「そうは言ってもね」

斑尾が、さっきまでの冗談めかした口調を止《や》め、真面目な顔で言った。

「三和三曹が一人で留守番ができるようになってくれないと、守本二曹や村内三曹に休暇を取らせ難《にく》いのよ」

「うっ」

思わず言葉が詰まった。言い返したかったが、これでは無理だった。

昨今、働き方改革とやらもあり、休暇の消化が強く強く推奨されるようになっている。ところが、自衛隊は年中無休二四時間営業だ。業務を止められないポジションでは、休暇を交代で取らなければならない。

司令官と副司令官にも同じことが言えた。土日など、通常の休日では二人同時に休みとなるが、基本的に両人ともすぐに出勤できる態勢を維持している。何らかの理由で片方が遠方に行っている場合は、もう片方が絶対に登庁できる態勢を維持する。

土日以上に問題になるのは長期休暇だった。副官と司令官車ドライバーの守本は、司令官に合わせなければならない。三和は、副司令官に合わせなければならない。問題は、村内だった。基本的に幕僚長に合わせれば良いのだが、幕僚長の休暇が司令官の休暇と被《かぶ》る場合、副官室は三和一人となってしまう。しかも、司令官不在の間は、司令部業務も進まないので、幕僚長の休暇も司令官に合わせることが多いらしい。

しかし、三和が「一人じゃ無理です」と言った結果、守本と村内の夏休みは短くなっていた。

年末年始までには、もう少し間があるが、そろそろ予定は考えなければならない時期に来ている。那覇から帰省するとなれば、必然的に航空券を取らなければならない。そろそろ一日くらいの留守番であれば、三和が一人でこなせるようにならなければ、守本と村内が不幸になる。三和達副官付の勤務管理を行う副官や幕僚長は、休暇付与のために頭を悩ませているのだった。

ちなみに、休日にも勤務となることの多い副官自身は、どうやっても休暇の消化などできるはずもない。司令官を始めとしたＶＩＰ三人と同様に諦《あきら》めている。休暇を消化せよとも言われていなかった。

「村内三曹のＯＫも出たんだし、少しずつ三和三曹にも、留守番をやってもらう時間を増やしましょうか」

副官にそう言われてしまうと、三和も腹をくくるしかなかった。

「分かりました。ＶＩＰドライバーとしては、少し慣れてきたので、副官室業務も頑張ります」

「よろしくね」

立ち上がった斑尾が三和の後にまわり、肩を叩《たた》かれた。

「はい」

三和は、力なく答えた。頑張りますと言ってしまった手前、少なくとも逃げ出すことはできない。次、機会があれば、一人で副官室の留守番もしなければならないだろう。

「そう怖がらないでよ。副司令官もドライバーとしての仕事は褒めてるんだから、副官付としての仕事も同じように頑張って」

三和が暗澹《あんたん》たる気持ちになっていたところ、斑尾から思わぬ言葉を聞かされた。

「副司令官がですか？」

「ここしばらく、他の人を乗せて走ってないんじゃない？」

それもそうだったが、褒められたということが驚きだった。

「どう褒めてくれていたんでしょう？」

たまらず聞いてみたが、斑尾の答えは要領を得なかった。

「『ドライバーとしてしっかりやっているぞ』って言ってただけだから、何がどうっていうのは分からないよ。何か思い当たることはないの？」

そう言われてみても、自分自身では分からなかった。

「分かりません。走り方は、安全、正確、丁寧な操作を気をつけています。乗降時のドアの開け方とかは、プロトコールとして習ったとおりなので、特に変わったことはしてません。何だと思いますか？」

三和は、VIPドライバーとしての先輩でもある守本に聞いてみた。目尻《めじり》の皺《しわ》を深め、答えをくれた。

「多分、移動の計画とそれに合わせた正確な走りを褒めたんじゃないかなぁ」

「どういうこと？」

三和は、守本の言葉の意味が分かったが、斑尾には理解できなかったようだ。守本が視線を送ってきたので、三和が説明する。

「どこかに移動するとき、到着予定時刻に合わせて何時に出発するか決めますよね」

「ええ。私も守本二曹に聞いてる」

斑尾の返答に、三和は肯《うなず》いて見せた。

「ＶＩＰや副官には、基本的に出発予定時刻だけ伝えてますが、その時刻を出すには、当然経路を決めて、天候や各地のイベントなど、外部の影響による道路の混み具合を勘案して所要時間を出しています。で、それには、トラブルがあった場合のことを考えて、若干の余裕も入れてあります」

「当然、そうよね」

「でも、実際に走ると、当初の予想より渋滞していたり、逆に妙に空《す》いている時もあります。それに、事故で経路を変更しなければならないことも」

斑尾が肯いたことを確認して話を進める。

「そうしたいろんなトラブルがあっても、予定通りの時間に目的地に着くのがベストですから、途中で微妙にアクセルを緩めたり、ちょっと速めに走って調整するんです。副官は、自動車のラリーって知ってます？」

「ラリーくらい知ってるわよ。４ＷＤの車で泥道を飛ばして走るやつでしょ」

知っているが、良い具合に知らないようだった。

「そうなんですけど、飛ばさない時もあります。リエゾン区間って言うんですが、ラリーのコースの中で、速度を含めた交通ルールを守って、決められた時間で到着しなきゃいけない区間もあるんです。主に、市街地を抜けるルートなんかが、そうなってます。そのリエゾン区間の場合、決められた時間に間に合わなくてもペナルティ、早く着きすぎてもペナルティになるんです。ＶＩＰドライバーって、それと同じことなんですよ」

「なるほどね。それを副司令官が褒めたというのなら、理解できるわ」

副司令官の目黒は、副官経験者でもあるためか、そうしたことにうるさいのだ。

「そしたら、今後は副官にも経路で時間計算してもらいますか」

そう言ったのは守本だ。

「そ、そうね。余裕がある時は、手伝うようにする」

副官の斑尾は、守本や三和と違い、移動した先でも仕事があることが多い。車内では、大抵着いた先での準備をしている。守本の顔も笑っていた。本心から斑尾に期待しているのではなさそうだ。

話が途切れたので、三和は、机の上に置いてあったやりかけの仕事に視線を落として独りごちた。

「副司令が褒めてくれていたのか……」

目黒は、強面《こわもて》で斑尾の副官業務ぶりにも厳しい。その目黒に褒められていたのなら、少しだけ嬉しかった。

「ドライバー業務も副官付業務も、もっと頑張ろう」

三和は、丸めていた背を伸ばした。

＊

短時間だったが、三和が一人で留守番を任される時間が増えてきた。もちろん、まだ面倒な判断をしなければならない案件が無さそうな時だけだ。それでも、イレギュラーは起こる。

「あれ、副官付一人だけか？」

その幕僚は、飄々《ひょうひょう》とした雰囲気を纏《まと》ってやってきた。通信電子課の芋川《いもかわ》一尉だ。今まで直接話した事はなかったが、斑尾が『やっかいな人』だと言っていたことから、良く覚えていた。

何がやっかいなのか分からなかったが、三和に話しかけてくることも多い。その都度斑尾が立ち上がって、持ちかけられた話を引き取ってくれていた。後で斑尾に聞いたところ、わざと不慣れな三和に話しかけているのではないかと言っていた。

今日はその斑尾がいない。三和が一人で対応しなければならなかった。

「はい。司令官が部外に出ているので副官が随行しています。守本二曹も同行です。村内三曹は、調整で九空団に行きました。誰に用事でしょうか？」

「いや、決裁で来ただけだ。別に副官とかに用事がある訳じゃない」

　そう言って、芋川は決裁待ちの幕僚用に準備してあるパイプ椅子《いす》を勝手に引っ張り出した。立ったまま待っている運用課の刀根《とね》一尉がいたので、時間がかかると思ったのだろう。刀根の案件は時間のかかるものではないはずだったが、幕僚長室に入っている整備課芹沢《せりざわ》三佐の報告は、時間のかかるものだと聞いていた。当然、刀根が幕僚長室に入っても、芋川は待たなければならない。椅子に座っているとは言え、ただ待っているのでは貴重な時間が無駄になる。斑尾や村内が、こうしたケースで採る対応を真似《まね》てみた。

「あの、今幕僚長のところに入っている整備課の芹沢三佐は、かなり時間がかかるようです。刀根一尉もいらっしゃるので、刀根一尉が入ったら電話することもできます。その間、誰か来ても芋川一尉がいらっしゃると言っておきますが」

「それはありがたいが、見込みが外れることもあるだろ。急ぎの案件だし、ここで待つさ」

「え、急ぎの案件なんですか？　優先しなければならないようなものでしょうか？」

「う〜ん、急ぎっちゃ急ぎだけど、調整は進んでいるから今日中に決裁を受ければ大丈夫だ。そこまで配慮してもらう必要はない」

「何の件か伺ってもよろしいですか？」

実際、焦っている様子はなかったが、一応尋ねてみる。必要な配慮が出来ていなければ、後で斑尾に怒られる。

「演習の時に展開してくる部隊のための、指揮システム端末の増設の件だよ」

そう聞かされても、配慮が必要かどうかなど分からなかった。しかし、カウンター前に立っていた刀根は、芋川の言葉に眉根《まゆね》を寄せた。

「え？　あれ、まだ決裁受けてなかったのか？　もう九空団が動いてないとヤバイんじゃ？」

「調整はしてるから大丈夫」

刀根の指摘にも、芋川は平気な顔をしていた。

「それにしたって、九空団は待ってるでしょ」

「そりゃ待ってるよ。でも、総隊の決定が遅れたから仕方ないんだ」

「仕方ないかもしれないけど、先週、部長が総隊司に行ってたじゃないか。早く処理してくれって言ってもらうように、部長にお願いすれば良かったのに」

刀根は、課は違っても、芋川と同じ防衛部の所属だ。業務の関連も多いはずだし、同じ部屋で業務している。彼の仕事の具合も分かるようだ。芋川の様子からはそうとは思い難かったものの、業務の遅れは切迫した状況のようだ。

「あの、そんなにマズイ状況なら、幕僚長を飛ばして、先に副司令官と司令官に説明だけでもしますか？」

三和もイリーガルな業務処理を何件か見てきた。通常通り、幕僚長、副司令官、司令官と決裁を受けた場合、今幕僚長室に入っている芹沢の決裁に時間がかかるだけに、芋川の持ってきた文書の決裁も、相応に時間がかかる。既に時計は一五時を回っている。下手をすれば、今日の内に司令官決裁まで行き着かない可能性もあった。そうなると、部隊はもう一日待たなければならない。芋川の仕事が、それほど遅れているのであれば、イリーガルな業務処理が必要かもしれなかった。

三和が芋川に提案したのは、幕僚長よりも先に副司令官と司令官に説明し、彼らの口頭承認を受けて、部隊に事実上のＧＯを出すことだ。部隊への調整をしてあるということは、部隊は事前に動く準備を整え、決裁というＧＯサインを待っているはずなのだ。正式な決裁は終わっていなくとも、準備を終えている上『司令官了承済みです』という連絡が行けば、更に動きやすくなる。

「いや、そんな特殊なことはしなくていい。かえって突っ込まれる」

芋川の返答を聞き、三和は胸をなで下ろした。しかし、刀根は目を細めていた。

「かえって突っ込まれるって、指導が入ったらマズイ状況なんじゃないか……」

刀根は呆《あき》れたように言っていた。ただ、三和には芋川の業務が遅れていることは理解できても、何がどうマズイのかよく分からなかった。

「あの、指導が入ったらマズイというのは、どういうことなんでしょうか？」

「別にどうってことはないさ。まあ、部隊には少し苦労をかけることになるけどな」

芋川の返答に、刀根は胡乱《うろん》な目を向けていた。

「また強姦《ごうかん》するつもりなのか？　後でどうなっても知らないぞ」

刀根が言った〝強姦〟というのは、司令部で使われている隠語だ。文書の決裁が遅れ、それ以上遅れると、訓練の実施など、文書が命じる部隊の動きに支障が出るタイミングで、決裁者に決裁を迫ることを意味する。当然、良くないこととされているが、隠語があることからも分かるとおり、それなりに目にするものだった。刀根が〝また〟と言っていたので、芋川は〝強姦〟の常習者なのかもしれない。

そんな話をしている内に、幕僚長室に入っていた芹沢が報告を終え、副司令官室に入った。芋川が刀根よりも先に幕僚長に決裁を受けたとしても、芹沢が入っている副司令官のところでまた止まる。刀根よりも優先したところで、ほとんど意味はない。それだからだろう、刀根は『お先に』と言って幕僚長室に向かった。

「総隊の文書が遅れたんだから仕方ないじゃんか。なぁ？」

幕僚業務について同意を求められても、三和には「はぁ……」と曖昧《あいまい》にごまかすことしかできなかった。

「まあ、総隊から文書を出してもらう必要があるって分かったのも遅かったけどさ」

やはり、芋川の仕事が遅れたことに原因があるようだ。芋川は、独り言のように呟《つぶや》いていたが、目の前にいるのは三和だ。黙っているのも無視したようで居心地が悪い。

「私にはよく分かりませんが、仕事は早めに進めるのがいいと思います」

三和が通り一遍の正論を答えると、芋川は舌打ちして言った。

「空曹には分からないかもしれないが、いろいろ大変なんだぞ」

「大変そうなのは、見ていても分かります」

実際、幕僚が苦労していることは見ていて分かった。

「そうだろ！」


ほとんど追従でしかない三和の同意に気をよくしたのか、この時以来、芋川はよく三和に話しかけてくるようになった。刀根からは嫌味を言われていたが、不思議と周囲からは嫌われていないようで、彼は少々怪しげな幕僚テクニックを使いながら、幕僚勤務をエンジョイしているように見えた。

「芋川一尉は、ええと、魚はドロ水に住むっていう諺《ことわざ》みたいですね」

三和がそう言うと、彼は『バカ野郎、それを言うなら水清ければ魚棲《す》まずだ』と言っていたが、まんざらでもない様子だった。

幹部である幕僚とも打ち解ける機会が徐々に増え、三和も自信を深めていった。しかし、それが必ずしも良い結果につながるとは限らない。

＊

眼前のワイパーがせわしなく左右し、黒光りするボンネットの上では雨粒が次々とはじけていた。沖縄の道路舗装には、コーラルリーフロックと呼ばれる隆起珊瑚礁《さんごしょう》石灰岩が使われている。そのせいで少し白っぽく見え、他の地域よりも滑りやすい。特に雨で路面が濡《ぬ》れている場合、ラフなアクセルワークをするだけでホイールスピンを起こす。

三和がハンドルを握るクラウンは、最高出力が一三〇ｋＷを超え、最大トルクも高い。ハイオク仕様車ではないため、猛然と、というほどにはならないものの、自衛隊が使用する車両としてはありえない加速が可能だった。

三和は、信号が青に変わると、そのクラウンのアクセルを微妙に調整し、ホイールスピンを起こさないギリギリでクラウンを加速させた。

「どの程度遅れそうだ？」

後部座席から副司令官目黒の声が響く。苛立《いらだ》ちは感じられなかったが、調子は硬かった。

三和は、ナビが示す到着予想時刻を、培った知識とどの程度まで飛ばせるかを考えて微修正する。

「八分程度だと思います。一〇分遅れることはないはずです」

「分かった」

目黒は、スマホで電話をかけはじめた。目的地の陸上自衛隊勝連《かつれん》分屯地に所在している第三四二高射中隊だろう。

各自衛隊のVIPは、相互に訪問して統合運用の際に協力する部隊への知見を深めている。南西航空方面隊にとって、陸自部隊の中でも、通称中SAMと呼ばれる〇三式中距離地対空誘導弾と一一式短距離地対空誘導弾を運用する第一五高射特科連隊との協同は、特に重要だった。

目黒の一五高射特科連隊訪問を調整した結果、連隊本部から、どうせなら那覇から遠く、地理的状況を知る機会の少ない部隊を見て頂いたらいかがかという回答があった。その結果として、三和は目黒を乗せて勝連分屯地に向かっていた。一五高射特科連隊は、勝連分屯地の他、知念《ちねん》分屯地や南与座《みなみよざ》分屯地などに所在しているが、それらは空自の分屯基地にも近く、周辺状況は目黒も承知していたからだ。

勝連分屯地は、沖縄本島中部、うるま市の東側、勝連半島にある。米軍嘉手納《かでな》基地の東、太平洋に突き出した半島部の突端に位置している。米軍のホワイトビーチに隣接しており、ホワイトビーチにエアカバーをかけている部隊とも言えた。

分屯地に向かう最短経路は、沖縄北インターチェンジで沖縄自動車道を降り、県道のバイパス沖縄北インター線を南東進するルートになる。

その経路上、三和が高速道路をコンスタントに走っている間に、沖縄北インターの高速出口分岐点で事故が起きた。出口自体は封鎖されなかったものの、渋滞が発生していたため、三和は一つ手前の沖縄南インターで高速道路を降りた。しかし、沖縄南インターから勝連に向かうためには、沖縄市の中心部を通過しなければならない。当然、こちらも雨のため混雑していた。

何とか渋滞エリアを抜けたものの、影響は大きかった。マージンを持って移動していたにも拘《かか》わらず、遅刻は免れない状況だった。

不可抗力と言えば不可抗力だ。しかし、三和は後悔していた。事故は不可抗力でも、予想してしかるべき不可抗力だ。ＶＩＰ輸送に携わる者には、それを見越して計画を立てることが求められている。目黒に褒められたことで、もっと頑張ろうと奮起した結果、マージンを削り過ぎてしまっていた。もっと早く、余裕をもって出発すべきだった。

「先方は待ってくれているそうだ。一〇分くらいなら大きな影響はない。急ぎすぎて事故を起こさないように注意してくれよ」

配慮してくれた言葉が、かえって三和の心を抉《えぐ》ってくる。

「分かりました」

そう答えたものの、アクセルは緩めなかった。

＊

結局、勝連分屯地には七分遅れで到着した。その他には大した問題もなく、目黒の勝連分屯地訪問は終了している。

「距離があるのだから不測事態に巻き込まれる可能性も高い。その分、次はもう少し早めに出るようにしてくれ」

帰路の車内、目黒から言われた言葉はそれだけだった。しかし、単なる不運でないことは、運行計画を立てた三和自身が、いちばんよく分かっていた。

「申し訳ありません。計画をシビアに立てすぎました……」

ミスについて謝ろうとすると、目黒に遮られた。

「問題が認識できているのならいい。次は遅刻しないように。恩納《おんな》に行った時のように、時間調整しても構わない」

沖縄本島内の最も遠方にある空自分屯基地は、本島中部恩納村にある恩納分屯基地だ。沖縄北インターチェンジよりも更に一〇キロほど先にある屋嘉《やか》インターチェンジで高速を降り、一般道を北西に四キロほど走った場所に位置している。今回の勝連分屯地行き以上に距離があるため、目黒が恩納分屯基地を訪問した際は、今回以上に余裕を見て移動した。その時はスムーズに移動できたため、予定よりも早く到着しそうになった。過早に到着すれば部隊を慌てさせることになる。分屯基地の手前にある村営運動公園の駐車場で車を止め、時間調整をした。その時のことを反省材料として、無駄な待機時間をとらずに済むように考えたのが今回の運行計画だったのだが、それが裏目に出てしまった。

目黒が追及してこない以上、三和がそれ以上この話題に触れることはできなかった。三和は、心苦しく思いながら、久しぶりに口数少なく車を走らせた。

「……以上です。雨天と事故はあったにせよ、途中から降りだすことは出発前から分かっていましたし、事故の可能性は考えておかなければならないものでした。原因を一言で言えば、ギリギリを狙《ねら》いすぎました。もっと余裕をとっておくべきだったと思います」

目黒には、詳細な原因報告を求められなかったが、那覇に戻り、上司である副官に報告する際は、また別だった。守本や村内もいる前で報告することは辛《つら》かった。しかし、仕方がない。三和は、素直に反省した。

「そうね。直接的な原因は、そういうことになるでしょうね。ギリギリを狙いすぎた理由は、何だと思っているの？」

勝連からの帰路、目黒から話しかけられることもなかったので、ずっと考えていた。これも、口に出すことは辛かったが、分析はできている。

「先日、副官付業務に慣れてきたという話をした時に、副司令官がドライバー業務について褒めてくれていたという話がありました。まだ副官付業務については自信が無かったので、ドライバー業務だけでも頑張ろうと思ったんです。それで……」

「頑張り過ぎてしまったと」

「そうだと思っています」

斑尾は、自分の席に座ったまま腕を組み、難しい顔をしていた。耳の後ろをかき、何と言うべきか思案している様子だった。顔を上げると、奇妙なことを言いだした。

「欲張り過ぎだよ。うん。欲張り過ぎ」

頑張ったのは事実だ。それが過ぎたとは思っていた。しかし、欲張り過ぎと言われるのは理解できなかった。

「何が欲張り過ぎなんでしょうか?」

「三和三曹が、副官付になったのは、私とほぼ同時期でしょ。向上心を持つのは良いことだけど、何でもかんでもできるようになりたいというのは欲張り過ぎじゃないかってこと。全く新しい仕事をさせられているんだから、直《す》ぐにできるようにはならないよ」

「それを言ったら、副官はできてるじゃないですか……」

斑尾の方が、三和よりも、よほど大変なはずだった。

「確かに副官は初めてだけど、三和三曹と比べたら、いろいろとやらせてもらってる。ここに来る前は小隊長だったし、それ以前も付加業務で経験したことは多いよ。それに、教育を受けた期間だって長い。幹部候補生学校なんて、ほぼ一年あったからね。防大出身者だったら、それに加えて四年も勉強してる。三和三曹の場合、初任空曹過程を入れても半年くらいでしょ。自衛隊が教育にかけた時間と金額が違うのよ。それに……」

まくし立てていた斑尾が言い淀《よど》んだ。

「私だって、その中で山ほど失敗してる」

斑尾は、それほど頑張らなくても良いと言いたいのだろうか。三和としては、頑張るというよりも、最低限をこなしたいという感覚だった。

「ですが、一人で留守番もできないくらいです。だから、自分にできるドライバー業務だけでも頑張りたいと思いました」

そう告げると、斑尾は何かを思い出そうとしているのか目を閉じた。

「私だって、副官業務を失敗なくこなせてる訳じゃないよ。以前、医務官が司令官室に報告で入っていたことで、司令官の会議室入りが遅れたことがあったでしょ。美《ちゅ》ら島《しま》レスキューの事前報告会だったかな。その時の状況は、みんなにも話したと思うけど、その前にしっかり副司令官に怒られているのよ」

（二巻第四章参照）

斑尾から状況を伝えられ、ＶＩＰのスケジュールを守らせるように注意喚起されたことは覚えていた。しかし、その前に副官自身が怒られていたことは知らなかった。副官としても、恥ずかしいことは伝えなかったようだ。

「今回の件は、ちょうどそれと同じね。遅れたのは一〇分弱とは言え、それで待たせたのは中隊のかなりの比率だったろうから、人数で考えたら美ら島レスキューの事前報告会よりも関係者は多かったでしょう。その全員が一〇分待ったということは、それだけ自衛隊の損失だってこと。副司令官としては、その損失よりも時間調整をするという選択なのよ。礼儀にうるさい方だから、礼を欠いたとして気にしているのかもしれないけど」

少数だが、平気で部隊を待たせるＶＩＰもいる。目黒は、厳《いか》つい顔とは裏腹に、配慮は繊細だった。一呼吸置いて、斑尾が言葉を継いだ。

「もしかしたら、副官を経験したときの感覚を維持しようとしているのかも。きっと、副司令官としても、思う所の多かった勤務だったんでしょうね」

斑尾が言うことも理解できた。しかし、目黒がそこまで気にしていたのなら、三和には聞いてみたいこともあった。

「そうだとしたら、怒られなかったのはなぜでしょうか。ミスは明らかだったのに……」

「問題が認識できているのならいいと言っていたんでしょ。必要なのは今後の改善と三和三曹の成長。私も、これ以上言う必要を感じてないよ」

そう言うと、斑尾が立ち上がり、両手を腰に当てる。

「怒られたいなら怒るけど、怒るのも体力がいるんだからね。ＶＩＰドライバーの先輩である守本二曹に替わってもらいたいわ」

「いやぁ、遠慮したいです」

　守本も肩をすくめていた。

「三和三曹は、自分が守本二曹や村内三曹のようにできないと悩んでいるかもしれないけど、彼らとしたら、数ヶ月で同じようにされたらたまらないでしょ。ＶＩＰドライバーとして、そして副官付として、彼らに追い着くように努力することは大切だけど、追い着けていないことは当たり前。納得できないというか、釈然としないなら、何か自分じゃなきゃできないことを新たにやってみたらどうかな。副官室宴会を再開したみたいに、プラスになることなら許可するよ」

　そう言うと、斑尾は書類を持って歩きだした。

「総務に調整に行ってくる」

　三和は、ゆっくりと自分の席に戻って腰を下ろした。まだ、頭の中が混乱している。

「ＶＩＰドライバーの先輩として言わせてもらえば……やはり基本を大切に、ってことだろうな」

　隣に座る守本が、何かを思い出すようにして言った。

「基本……遅刻しないことが一番ってことですね」

「そうなるかな。VIPだと思うから間違うのかもしれない。VIPじゃなくて、ミサイルや弾薬を運んでいると思えばいいんじゃないか。必要な時に、必要な場所に、必要なものを、確実に。攻撃のための発進時刻は決まっているのに、そのために必要な弾薬が届いていなかったら作戦は中止になる。それじゃダメだろ」

「そうですね」

やはり、同じドライバーでもある守本の言葉はしっくりきた。斑尾の言葉は、理解はできても、胸にすとんと落ちてはこないのだ。

それでも気になった言葉もあった。

「自分じゃなきゃできないことか……」

やはり何か釈然としない思いが残っている。三和は、自分でなければできないことを考えてみようと思った。

＊

やってみたいことならあった。内務班に戻った三和は、ベッドに横になってスマホで動画を探した。副司令官ドライバー兼副官付配置になった時から、やってみたいと思っていたし、やるべきだと考えていた訓練があったからだ。

しかし、やらせてもらえるかとなると望み薄だと思えた。だから言い出せなかった。

「これなんかいいな！」

斑尾におあつらえ向きな動画を探し、すぐに再生できるようにブックマークしておいた。言葉で説明するよりも動画を見せる方が、斑尾が理解してくれる可能性も高いはずだった。


翌朝、朝のドタバタが一段落し、コーヒーの香りが立ちこめた副官室で、三和は斑尾の前に立った。

「やっぱり副司令官車を使ってやりたいんです。副官は『プラスになることなら許可する』と仰《おっしゃ》ってました」

ダメでもともとのつもりで上申する。こうした訓練も必要だと思いますと言われた斑尾は、動画を見て天を仰いでいる。

「確かに言ったたね。言ったけど……大変なのを持ってきたね」

「意義はあると思います」

「そうだね。それは否定しない」

そう言うと、斑尾は三和のスマホを睨《にら》んだまま考えていた。三和が見せたのは、アメリカの要人警護を行うシークレットサービスの動画だった。その中でも、要人を輸送する車両のドライビングテクニックに関するものだ。

日本では、元首相が自作銃で銃撃された事案はあっても、銃器が一般的ではないこともあって、移動中の車両が狙われるケースはほとんど耳にしない。それでも、自衛隊のＶＩＰが標的となる場合、基地内にいる時と比べれば、車両移動中が格段に危険であることは間違いない。

せめて、危険な場所から急いで離脱するための訓練くらいはしておくべきというのが、三和の意見だった。

しかし、動画を見た斑尾は、一分経《た》っても二分経っても、頭を伏せたまま考え込んでいた。考えているということは、即ＮＧではないようだ。しかし、問題もあるから悩んでいるのだろう。三和はこらえきれずに聞いてみた。

「どこが問題ですか？」

斑尾は「う～ん」と唸《うな》ってから、言った。

「まず、三和三曹も身構えているとおり、自衛隊もお役所だから、前例のないことはやり難い」

「ですが……」

口からでかけた三和の反論は、斑尾が遮った。

「分かってる。ただ前例がないだけなら、必要性を訴えて頑張ればいい」

そう言って、斑尾は一呼吸置いた。問題は、この先なのだろう。

「だけど、今の日本で、そこまでの必要性があるのかと言われると難しいし、移動中の車両への襲撃を警戒するなら、同程度の危険性というか、妥当性のある同種の危険には、やはり備えなければならないってことになるでしょ？」

「必要性のあるなしの話は分かりますが、同程度の危険性というのは、どういうことですか？」

斑尾の話は、今一つ分からなかった。

「車両が襲撃される可能性に備えるなら、下車して徒歩移動している間の警護も考えなければ筋が通らないってこと。もっと具体的に言えば、私や三和三曹が、防弾板入りのカバンを持ってＳＰと同じように銃撃からＶＩＰを防護する訓練もやらなきゃいけないってこと」

聞かされてみれば、確かにそれは納得のできる話だった。

「確かに……そうですね」

やはり、諦めるしかないのだろうか。

「でも、これってやらないための言い訳でもあるのよねぇ……」

そう言って、斑尾は肘《ひじ》を机に突き、掌《てのひら》に顎《あご》を載せていた。眉間《みけん》には深い皺が寄っている。

斑尾がこのように言うということは、まだ可能性があるのかもしれない。

三和が、期待と諦めをないまぜにして見つめていると、斑尾は、やおら立ち上がって言った。

「一旦《いったん》保留にしよう。必要性があることは分かる。でも、十分かどうかは疑問。ちょっと考えてみて」

「了解しました」

答えながら、三和はもう考え始めていた。やはりやってみたかった。希望があるなら諦めたくはなかった。

＊

翌日早朝、降り続けた雨は上がっていた。今日も三和は、白みがかった空の下で、副司令官車の洗車をしている。前日に雨の中を走ったため汚れが酷い。いつもより余分に蛇口をひねり、多めの水で汚れを洗い流す。

その隣に、守本の運転するフーガではなく、副司令官車と同じ型のクラウンが滑り込んできた。九空団司令車だ。

「おはようございます。今日は早いですね」

運転席から降りてきた小此木《おこのぎ》二曹に声をかける。小此木が九空団司令を迎えに出るのは、三和と大差ない時間だ。しかし、彼は営外者なので家で朝食を食べてくる上、何事にも要領がいい。洗車も手早くこなすため、朝の洗車場で顔を合わせることは少なかった。

「おはよう。昨日、ちょっと喧嘩《けんか》しちまってな。朝も顔を合わせにくいからさ、さっさと家を出てきたんだ」

「朝食はどうするんですか？」

「コンビニに寄ってきた。独身時代に戻った気分だぜぇ」

洗車をしてから食べるつもりなのだろう。小此木は、三和が管理隊輸送班勤務時代に、同じ内務班で生活した先輩でもあった。彼は、九空団司令の副官付になる少し前に、結婚して営外に出ていた。

「先輩、車に金をかけすぎなんですよ。あんな美人の奥さんなのに、どうして喧嘩するかなぁ」

「馬鹿野郎。美人かどうかなんて関係ないんだよ」

小此木は、踏み台に登って洗車を始めた。車に乗り込むＶＩＰが、最も車の汚れに気がつきやすいのは、乗り込む際に横から見ることになるルーフ上だ。それに、洗い流した汚れは下に流れる。ルーフから洗い始めることが基本だった。

ひとしきり、小此木と手を動かしながらたわいもない話で盛り上がっていた。話題が尽きたところで、相談を持ちかける。今は、それぞれ南西空司令部と九空団司令部の勤務に分かれているので、彼から妙案が聞けるとは思っていない。ちょっとしたヒントをもらえればラッキーだった。

「アメリカのシークレットサービスとかだと、ＶＩＰ輸送の車は防弾装備じゃないですか。

それでも、襲撃に備えてスピンターンの訓練とかしてますよね。俺らも、いざという時のために、体験でもいいから訓練しといた方がいいと思うんですよ」

「元首相が暗殺される時代だから、やる意義はあるよな」

「ですよね。でも、訓練をやりたいって副官に提案したんですけど、意義は認めるけど難しいって言われちゃったんですよ。なんか、いい方法はないですかね？」

三和は、斑尾に提案した結果をかいつまんで話した。それを聞いた小此木も手を止めて唸っている。

「う〜ん、難しいだろうなぁ。こっちの副官に言っても、やっぱダメ出しされそうだ」

九空団の副官、浦河《うらかわ》二尉でも、斑尾と同じ反応になりそうだと言う。

「やっぱ、ダメっすかねぇ」

三和がこぼすと、結婚した今でもローンのたんまり残ったスカイラインGT‐Rに乗る小此木が呟いた。

「お前は、方面の司令部にいるんだから、何とかそっちでやってくれよ。方面がOKとなれば、団でもやれるぜ。俺もコイツでドリフト決めたいぜ！」

小此木は、団司令車のクラウンをポンと叩いて言った。やるとしても、ドリフトでないのは間違いないが、やはり車好きの彼としても、シークレットサービスばりの訓練はやってみたいのだろう。

そう考えていると、ふと思いついた。

「そうだ！　別に司令部の訓練じゃなくてもいいかも」

「何がだ？」

三和が、何かを思いついたことを察して、小此木が目を向けてきた。

「司令部じゃなくても、管理隊計画ならいいんじゃないですか？　他の地上輸送員だって、将来ＶＩＰドライバーになるかもしれないんだし、集合教育みたいな感じで計画してくれたら、俺らもそれに参加するみたいな形が取れないですかね？」

三和や守本は、南西航空方面隊司令部の所属だ。小此木も管理隊ではなく、九空団司令部の所属になっている。所属は違っても、副官付兼ＶＩＰドライバーという点では同じだ。そして、この副官付兼ＶＩＰドライバーとしての司令部への異動は、少し特殊な異動だった。

形式的には正式に異動した形になっているものの、実質的には臨時勤務と呼ばれる一時派遣のようなもので、三和も小此木も意識としては今でも九空団の管理隊が原隊だ。管理隊としても、彼らが異動して無関係になってしまったとは思っていない。副官付勤務が終了すれば戻ってくる隊員と考えている。

「あ～なるほど。どうだろうな。やりたがる奴《やつ》は多いと思うけど、班長とかがＯＫするかどうか分からないし、俺らが参加するのはどうなんだろうな」

「そうですけど。管理隊でも意義はあるはずだし、うちの副官が言ったみたいな、副官の訓練との兼ね合いとか考えなくていいですよね」

「確かにそうかもな。よし、お前が提案してこい。意義はあるって認めてくれたんだったら、副官も押してくれるだろ。管理隊計画に方面隊司令部が乗るなら、団だって乗れるぜ」

小此木は、完全に尻馬に乗るつもりらしい。元々は三和が自分でやりたいと考えたことだ。言い出しっぺの法則だと考えれば仕方がない。

三和は、黒光りするクラウンのボンネットを見つめながら、斑尾と管理隊の説得をどうやって進めようかと策を練り始めた。

＊

三和は、見慣れた鉄製扉の前で立ち止まる。ドアの横にある木製看板は、立派な毛筆で『輸送班』と揮毫《きごう》されていた。

輸送班の建物は、ピットを具《そな》えた自動車修理工場と車庫を兼ねている。事務室はその車庫脇《わき》に設けられていた。航空機のハンガー脇に、整備ショップの各事務室が並んでいるのと同様の作りだった。三和は、ドアノブに手をかけ深呼吸する。

管理隊輸送班は、三和にとって古巣であり、今も頻繁に訪れる場所だ。普段なら緊張することもなかったが、今日は別だった。右手に力を入れ一気に引き開ける。

「失礼しま〜す」

至って普段通りの声を出したつもりだ。それでも、声は少し裏返り気味だった。

「車両トラブルか？」

声をかけてきたのは輸送班長の前田《まえだ》曹長だ。副官付となってから、三和が輸送班を訪れるのは早朝か課業外になっている。日中は副官付としての仕事があるため、日の高い時間に来るケースは、車両のトラブルが起きた時くらいだ。

三和が南西空司令部所属でありながら、管理隊から派遣されているような状態であることと同様に、ＶＩＰ車両の整備も管理隊の世話になっている。司令部に車両の維持管理能力などないからだ。

「いえ、ちょっと調整というか提案があってきました」

「提案？」

「はい。ちょっと司令部じゃやれそうにない訓練の話なんですけど」

そう告げて、三和は斑尾にも見せた動画をスマホで映した。

「ＶＩＰ車両のドライバーとしては、万が一の場合も考えて、体験程度でもこういった訓練をしておいた方がいいんじゃないかって話になったんです。でも、司令部じゃとても計画できなくて……」

嘘《うそ》は吐《つ》いていない。副官室での会話とはかなり異なるものの、三和の言葉は、ぎりぎり嘘の範囲ではなかった。

三和と前田が話していると、他の輸送班員も集まってきた。スマホの画面を見れば、何をやるかは一目瞭然《いちもくりょうぜん》だった。

「これをやるの？　お前らだけ？」

三和より二年ほど先輩の木島《きじま》三曹だった。やはり基本的に車好きが集まっている。車両を使い、特殊な訓練をやるとなれば、興味津々でのぞき込んでくる者が多かった。

「いえ、むしろ管理隊で計画してくれないかなと思ってるんですけど。俺らは、オブザーバー的に参加できればいいなぁと思ってて……」

「いいねぇ。班長、やりましょうよ。俺も次の団司令車ドライバーになるかもしれないし、経験しておく必要があるんじゃないかなぁ」

「ですよね！」

木島を持ち上げるように相づちを打つ。味方を増やすことは大切だ。

「オブザーバーと言うが、むしろ主体は今のＶＩＰ車ドライバーだろう」

やはり、班長の前田は渋い顔だった。

「でも、司令部じゃこんな訓練は企画できませんよ。一部の道路を封鎖しないといけませんし、誰も手伝ってくれません」

「それはそうだろうが……」

「副官もやる意義はあるねって言ってくれてます」

これも嘘ではない。

「本当かぁ？」

前田は、眉根を寄せ、三和を見上げてきた。

「本当ですよ。お役所だから反対する人がいるかもしれないけど、必要性はあるって」

嘘ではない。

「守本も賛成してるんか？」

「もちろんです。俺ほど乗り気じゃありませんけど、賛成してくれてます」

そう答えると、前田は、なおも渋りながらも、団司令車ドライバーの小此木にも聞いた上で考えるという。小此木は尻馬に乗るつもりなのだ。諸手《もろて》を挙げて賛成してくれるに決まっている。

「よろしくお願いします。副官や守本二曹にも報告しておきます」

三和は、頭を下げて踵《きびす》を返した。事務室を出て、ドアを閉めると声を殺してガッツポーズを決める。

「よし。何とかＮＧにならずに済んだというところかな。副官にも調整しなきゃ」

三和は、建物前に停車している車を見ながら独りごちた。自分じゃなきゃできないことを実現させたかった。

＊

三和は、目を細めている斑尾に報告していた。

「という話を管理隊でしてきました。団司令車ドライバーの小此木二曹の意見も聞いて検討するそうです。今後ＶＩＰドライバーになる可能性のある地上輸送員の訓練として、実施を考えてくれるみたいです」

「ホント～？」

斑尾は、わざと顔を横に向け、疑い深そうな目を向けてきた。

「本当ですよ。九空団の団司令車ドライバーと雑談で話してたら、管理隊としてやるならいいんじゃないかという話になったんです。で、管理隊で話してきたら、確かに意義はあるなってことになったんです」

こちらでも嘘は吐いてない。まだ疑念を抱いていそうな斑尾にたたみかける。

「管理隊が実施するなら、参加させてもらってもいいですよね。一部の道路を封鎖して安全管理するみたいです。オブザーバーというか、個人参加みたいなものですけど。当然、守本二曹も参加で」

「意義はあるって言ったし、ダメとは言えないわね。管理隊がやる話なら、徒歩移動している間の警護と整合をとる必要もないし……」

まだ渋り気味で、明確に同意してくれた様子ではなかった。そんな時には、どうすべきなのか、教えてくれた幕僚がいる。

『さっさと礼を言っちまうんだ。こちらとしては、同意してくれたと理解しているってことを示すことができる。礼を言われちまうと、違うとは言いにくいだろ？』

その言葉に倣って断言する。内心は冷や汗ものだったが、顔にはできる限りの笑みを浮かべた。

「ありがとうございます。有事に備えるのは自衛隊の基本だと思います。必要になることはないと思いますが、しっかり訓練してきます」

そう一気にまくし立ててから、素早く守本に向き直る。

「守本二曹も参加しますよね？」

その幕僚は言っていた。

『賛同者を増やせるなら、増やしておけ』

「管理隊がやるなら、参加しない訳にはいかないだろ」

「ですよね！」

狐《きつね》につままれたような顔をしている守本に答えてから、三和は自分の席に戻った。斑尾が変な顔をしているような気がしたが、あえてそちらは見ない。自即電話の受話器を取り、輸送班の番号をプッシュする。

「三和三曹です。お疲れ様です。班長をお願いします」

普段より、気持ち大きめの声で話す。斑尾に聞かせるためだ。とは言え、聞き耳を立てているとと思うので、そんな必要はないはずだった。

「あ、三和三曹です。例の緊急待避訓練ですけど、副官のOKももらいました。私と守本二曹も参加します」

前田に参加させてもらうことを告げて電話を切る。これで、もう大丈夫だろう。三和は、ほっと一息吐いた。

「なんか、釈然としないわぁ」

斑尾の独り言のような声が響く。三和に向けて言われている言葉だということは分かったが、あえて気がつかない振りをする。

「どうかしましたか？」

斑尾に声をかけると、今度は見つめられたまま言われた。

「やっぱ、釈然としないわぁ」

「そうですか？　おかしいなぁ。何か自分じゃなきゃできないことをやってみたら、って言われたからチャレンジしてみたんですけど……」

三和は、背中に流れる冷や汗を自覚しながら、顔に笑みを貼《は》り付けて答えた。

斑尾は、腰の後ろで手を重ね、休めの姿勢で立っていた。目の前では、管理隊が虎《とら》ロープを張り、弾薬庫に向かうドン突きの道を封鎖作業中だった。横には副司令官の目黒が立っている。

＊

準備が行われているのは、三和が言い出し、管理隊が計画した緊急待避訓練だ。目黒も斑尾も、普通に考えれば、この場に来る必要はない。三和が目黒の登庁時に話したところ、目黒が見に行くと言い出した。その上、目黒が『副官も行くべきだろう』と言った結果、斑尾も来ざるを得なくなったのだ。

訓練が想定している状況は、前方を故意の事故で封鎖され、ＶＩＰ搭乗車両が襲撃を受けそうになったというものだ。

ただ、それらは想定されているだけで、実際の道路上には何も置かれていない。今回の訓練は、こうした緊急時に行うべき特殊な転回方法を体験的に訓練するための基礎段階訓練だった。多少ミスをしても、車をぶつける可能性がない開放空間で訓練を行うことになっている。

訓練項目は二つあった。一つは走行状態から急減速しつつ一八〇度回頭するスピンターン。中央分離帯のないある程度広い道路や、分離帯があっても交差点で転回できる場合に使用するという。急減速しつつ方向を変え、走行してきた方向に逃げるためのものだ。ある程度速度の出た状態からブレーキで減速し、加重が前輪に集中した段階でサイドブレーキを使って後輪をロックさせることで、ほぼその場で一八〇度回頭する。サイドブレーキを使用するため、サイドターンとも呼ばれるそうだ。

もう一つは、咄嗟《とっさ》にスピンターンができず、急ブレーキで一旦停止してしまった場合の回頭方法、バックスピンターンだ。停止状態から、バック走行で距離を取りつつ、急な切り返しを行う要領で一気に回頭し、そのまま走り去る。サイドブレーキを使えない上、バック走行で行わなければならないため、通常のスピンターンよりも難しいらしい。

この二つは、シークレットサービスのドライバーが緊急時に行うターンの中でも、もっとも基本的なものだそうだ。

「最初は、そうした運転に慣れた隊員が運転する車で体験するそうです」

「あれだな？」

目黒の視線の先には、一目でかなり改造された車と分かる隊員の私有車両があった。

「ジムカーナという競技をやっている隊員だそうです。やはり、管理隊には車好きが多いみたいで、個人で大会にも出ているということでした。狭いエリアに設定されたコースを走るものだそうです」

「テレビで見たことがある。かなり金をかけているようだな」

目黒の方が斑尾より詳しそうだ。斑尾には、改造費用など想像も付かなかった。乗り心地が悪そうだ、という程度にしか分からない。

助手席と後部座席にも隊員を乗せ、その改造車が轟音《ごうおん》を響かせ始めた。三和が後部座席に乗り込むところが見えていた。守本は次回以降になるようだ。

車が猛然と加速し、急ブレーキから一気に向きを変えた。エンジン音だけでなく、タイヤが軋《きし》む激しい音が響く。そして再び猛加速した。

同じスピンターンを三回繰り返した後、今度はバックから方向を変えるバックスピンターンを行い始めた。走行状態から急停止し、バックで猛加速すると、先ほどのスピンターンと同様に激しい音を響かせて向きを変える。切り返すというより、バックで走りながら、車の方向だけ変え、そのまま前に走り出したように見えた。

「すごいですね」

エンジン音とタイヤの軋むスキール音が響いているため、斑尾は声を張り上げた。

「さすがに慣れているようだな」

目黒は、笑顔を浮かべながら見ていた。実は車好きなのかもしれない。

バックスピンターンも三回繰り返すと、助手席と後部座席に乗るメンバーを入れ替え、同じ走行を繰り返していた。今度は、守本が助手席に乗り込んでいる。遠目にも、嬉しそうな笑顔が見えた。

前のメンバーと同じようにスピンターンを三回、バックスピンターンを三回繰り返し、ジムカーナをやっているという運転手は、車を道路脇に出して止めた。車から降り、空中でハンドル操作をするような手振りを示している。同乗していた隊員に、頭の中でイメージトレーニングをさせているようだ。

そのレクチャーが終わると、次はいよいよ、実際のVIP車両を使って訓練するようだった。私有車に替わって黒塗りが道路上に出てくる。最初は九空団司令車だった。やはり管理隊計画の訓練だからだろう。

「実際の車両を使うのはいいが、タイヤが減りそうだな」

そう良いながらも目黒の機嫌は良さそうだ。目が細められている。

「この訓練のために、わざわざ廃棄前の古いタイヤに交換したそうです」

斑尾は、三和から聞いていたことを報告した。

「なるほどな。それなら、心置きなく訓練できるか」

道路上に出てきた車の後部座席に、一人だけ別の隊員が乗り込んだ。

「二人しか乗せないのか？」

「そうみたいですね」

斑尾も、目黒が抱いた疑問の答えは知らなかった。

「ああ、バランスのためか」

目黒は、自分で答えにたどり着いたようだ。乗車位置を見て、斑尾にも理解できた。助手席と運転席の後ろに乗り込んでいた。九空団司令と副官の乗車位置だ。

団司令車は、隊員の私有車ほどではないものの、普段ではあり得ないほどの大きな音を立てながら加速し、並んで立っている二人の目の前で急ハンドルを切り、後部をスライドさせた。しかし、何が足りなかったのか、一八〇度には回転が届いていなかった。それでも、少し路外にはみ出しつつも、元来た方向に猛然と戻って行く。

続けて行われた二回目、三回目のチャレンジでは、ジムカーナをやっているという隊員ほどスムーズではないものの、スピンターンだと言える動きになっていた。

「やはり、普通にUターンするよりは、かなり速いですね」

「そうだな。実際にそんな場面に遭遇したとしても、咄嗟にやれるかどうかは分からないが、やっておく意義はあるだろう」

団司令車は、続けてバックスピンターンの演練《えんれん》を始めた。一団となって見ているドライバー達は、団司令車の動きを見ながら、私有車でデモンストレーションを行った隊員からレクチャーを受けている。みな真剣な表情だ。

「副司令官は、なぜこの訓練を見に来ようと思われたんですか？」

斑尾は、気になっていたことを聞いてみた。少し変わった訓練だが、航空方面隊の副司令官がわざわざ見に行くほどの訓練ではないからだ。そろって司令部を離れることが問題なこともあるが、溝ノ口も馬橋《まばし》も視察に来てはいない。ＶＩＰの警護のことが気になっているのだろうか？

「別に深い意図はない。三和三曹が訓練に参加すると言っていたからだ。彼がやりたいと言った訓練なんだろう？」

「そうです。彼が言い出して、管理隊を巻き込んだみたいです」

斑尾が横目で見ると、目黒は満足げに肯いていた。

「敢《あ》えて言うなら、その積極性への評価を見せるためだな」

「評価を見せる……ですか？」

言葉としては理解できたが、意味するところがおぼろげにイメージできただけだ。

「難しく考えすぎることはない。三和三曹が努力しているのだから、それを気にかけていることを行動で示すというだけだ」

「やはりそうでしたか。そういうことを仰っているのかと、何となく思いましたが、副官付の事をそこまで気にかけて頂いているとは思いませんでした」

目黒は、意外なほど厳しい顔をしていた。

「上に立つ者は、それだけ気を配らなければならないということだ。副官は、彼ら三人のことをしっかり考えているか？」

「考えている……つもりです。ただ、副司令官の配慮に驚いたくらいなので、同様にできているかと言われると自信がありません」

「そんなことに自信を持っている者がいれば、そいつは配慮のできていない思い上がり野郎だな。気を配る努力をしているのなら、それでいい」

目黒は、その厳つい顔に似合わず、思いの外、人情家なのかもしれなかった。斑尾は、少しだけ気になっていたことを口にする。

「三和三曹に関して言わせて頂ければ、先日の勝連行きの失敗を巻き返すつもりで、今回の事を考えたようです。かなり反省していましたし、気落ちせず前向きでいるようなので、良い方向に向かっていると思っています。ただ……調整のやり方については、あまり良くない方の影響を受けているかもしれません」

斑尾が、三和が行った訓練調整について話すと、目黒はにやりと笑った。

「大方、芋川あたりか。構うことはないだろう。その手の調整手法も知っておくことは必要だ。幹部がやり過ぎるのは問題だが、曹なら差し支えない。重要なのは、実際に部隊を動かすことだ。腹芸だろうと浪花節《なにわぶし》だろうと、部隊が動けばそれでいい」

斑尾の方が考え過ぎということなのだろう。自分自身が、若干、杓子定規《しゃくしじょうぎ》気味なことは自覚しているので、肝に銘じておくことにする。

そんな話をしていると、不意に目黒が言った。

「お、私の出番のようだな」

何が目黒の出番なのか、皆目見当が付かない。斑尾があっけにとられていると、目黒はスタスタと歩き始めた。向かった先は、次の訓練を行おうとしている三和のところだった。斑尾も慌てて後を追った。

「他の者では、バラストとして足りないだろう？」

「あ、副司令官……ということは、乗られますか？」

「え、出番ですか？」

「そのつもりで来たんだぞ」

目黒が答えると、三和は普段以上に恭しく副司令官車の後部ドアを開け、直立不動で敬礼した。

「どうぞ！」

目黒が鷹揚《おうよう》に答礼を返して乗り込むと、三和は後部座席のドアを残り五センチくらいまですっと動かす。そして、残り五センチを力を入れて押し込むように閉めた。ドアを勢いよく閉めると、乗り込んだＶＩＰの足や腕、それに衣服を挟んでしまうことがある。それを防止するためのドア閉鎖方法だ。

目黒を乗せると、三和も機敏に動いて運転席に滑り込む。そして、普段と変わらぬ様子で、訓練を行う路上に滑り出していった。一旦停止し、今度は激しいエンジン音を響かせて、黒塗りのクラウンがダッシュする。

「やっぱり、板についてきましたよね」

横にやってきた守本だった。

「そうね。思った以上に成長してる」

守本とは、考えている事が違うかもしれないが同意を示した。守本が言ったのは、恐らくＶＩＰドライバーとしてのドア閉鎖方法のことだろう。斑尾の口にした三和の成長は、一人前の空曹として、自分で訓練調整を行ったことだ。部下の成長を認めて肯いていると、守本から意外な事を言われた。

「副司令官が乗り込まれた以上、副官も乗らない訳にいかないですよね？」

「え？」

守本を見やると、にやりと笑っている。

「この訓練？」

「そうです。次は私の番なんですよ。司令官車だと助手席にもバラストが必要ですからね。司令官が乗られる時は、基本的に副官も乗っているじゃないですか」

その通りなのだが、ちょっと待って欲しかった。

副官に就任してから、守本がハンドルを握る司令官車には何度も乗っている。基地内では、黒塗りを見かけるだけで、誰もが立ち止まって姿勢を正す。敬礼する必要があるからだ。ヘッドライトを点《つ》けた司令官車が走ってくれば対向車も速度を下げる。おかげで、司令官車は悠然と走行することができた。

しかし、ゲートを出れば話は違う。乱暴な運転をする車もいれば、道路に飛び出してくる歩行者もいる。斑尾の乗車中にも、守本は何度か急ブレーキや急ハンドル操作をしていた。その度に、斑尾は小さな悲鳴を上げている。守本は、斑尾が車両の派手な動きを苦手としていることを知っている。

「いや、バラストは誰でもいいんだし、遠慮するよ」

明るく返したつもりだったが、顔も声も引きつり気味だった。

「でも、副司令官は乗られましたよ。それに、本当に緊急事態が起こったら、副官にも状況に合わせて動いてもらう必要があります。その時にパニックになっていたら困りものです。今のうちに、体験しておく必要がありますよ」

確かに、守本の言っていることは正論だった。悲鳴を上げて硬直していることは許されない。

「お、お手柔らかに……」

斑尾は、目尻に涙を浮かべて答えた。

第二章　副官と泥水

基地内の道路の両側には、椰子《やし》の木が植えられている。歩道が設けられているのは、その椰子の木の更に外だ。初めてここを訪れる自衛官は、少し違和感を覚えるかもしれない。世間一般と同じで、自衛隊内でも歩道は道路のすぐ脇《わき》にあることが普通だからだ。

戦後、米軍は焼け野原となった旧日本海軍小禄《おろく》飛行場を接収し、那覇エアベースとして整備した。その那覇エアベースが、沖縄返還の後に自衛隊に移管され、現在の那覇基地となっている。米軍仕様であるが故の少しだけ贅沢《ぜいたく》な作りだった。

その歩道の上、斑尾は、溝ノ口と目黒の後ろについて歩いていた。昼食を食べた後の帰り、涼しくなったとは言え、それでもまだまだ強い日差しが照りつけている。

「活気が出てきましたね」

笑顔を浮かべた目黒の言葉に、溝ノ口が肯《うなず》いて答える。

「急速練成訓練が多いようですからね」

今朝のMR《エムアール》でも報告されていた。航空総隊計画の実働演習が近づいていた。世間一般の師走《しわす》のようなものだろうか。演習に向けた事前訓練が、盛んに行われている。おかげで、賑《にぎ》やかでせわしい雰囲気が基地全体に漂っていた。何が違うと聞かれたら答えに困るかもしれない。道路を行き交う隊員が少しだけ多く、彼らの足取りは少しだけ速かった。

斑尾にとっては、少し懐かしい雰囲気だ。彼女も部隊勤務の時にはその慌ただしさを感じていた。副官となった今は、普段からそれ以上の慌ただしさに振り回されている。かつて演習前に感じていた慌ただしさは、今となっては学生時代のテスト前を思い出すようなものだった。額に汗を浮かべながら歩いている隊員がかわいく見える。

食堂前を通る基地のメイン道路から司令部前に至る道に折れ、すれ違う隊員が少なくなったところで、嫌な音が響いてきた。前を行く二人が振り返り、近づいてくる音源に目を向けている。眉間《みけん》にしわを寄せていた。濃紺のワンボックス型車体の上に、赤色灯が回っている。通称アンビと呼ばれる自衛隊仕様の救急車だ。基地の衛生隊が装備、運用している。

有事には、戦傷者の救護を行うことになるが、普段は一般の消防署にある救急車と同様に、怪我《けが》人や急病の者を運んでいる。昼休みなので、体力練成訓練のための駆け足で倒れたという可能性は高くない。昼休みに走っているランニング命な隊員もいるのだが、数は決して多くないし、昼休みにまで走る特異な隊員は、体の変調にも敏感だ。

何らかの事故が起きたのかもしれなかった。自衛隊基地内は、外部から入ってきた車両も安全運転をしている。交通事故の発生はめったにない。しかし、作業中の転落事故など、業務に伴う事故は、どれだけ少なくしようと努力しても、残念ながらゼロにはならない。

　演習準備で慌ただしくしていると、どうしてもその手の事故が起きる可能性が高くなる。避けなくてはならないが、避けられないものだった。それでも、大抵の事故は、それぞれの部隊の問題だ。大きな怪我をしていないことを祈るしかない。それは溝ノ口や目黒だけでなく、斑尾にも分かっていることだった。

　二人が無言で歩き出したので、斑尾も後に続く。明日のMRで報告されるかもしれない。演習に向けて忙しくとも、気を抜かないようにと注意喚起することになるだろう。

　そんな予想をしていた。だから、副官室前で二人を待っていた総務課長の西口三佐《にしぐちさんさ》を目にして、驚くと同時に嫌な予感が頭をよぎる。

　事故の関連だとすれば、重大事故、つまり死亡の可能性があるような事故かもしれなかった。それに、報告者が西口だということも気になった。事故だとしても、業務中の事故であれば、関連する各課、訓練なら運用課だったり、整備中の事故なら整備課、施設工事中なら施設課が報告に来るはずだった。青い顔をした西口が報告しに来るということは、それらとは異なる事故の可能性が考えられた。

「内務班隊舎で転落事故が起きました。靴を履いていないとのことです。清掃中だった可能性もありますが、飛び降りかもしれません」

斑尾は、自分の喉《のど》がひゅっと鳴る音を聞いた。

「詳細確認でき次第報告します」

「分かった。最優先で報告してくれ」

溝ノ口がそう言うと、西口は足早に戻っていった。溝ノ口も目黒も、それぞれの部屋に向かう。斑尾は、昼食で膨らんだ胃が縮み上がってきたように感じた。

部隊勤務の時にも、他の部隊や基地で自殺騒ぎがあったことを耳にしたことがある。しかし、それはあくまで他部隊の出来事で、斑尾にとっては噂《うわさ》でしかなかった。副官として司令部で聞く自殺騒ぎは、人ごとではなかった。隷下《れいか》部隊での自殺は、司令部にとっても一大事のはずだった。

しかし、何がどうなるのか、どの課がどう動くのか皆目見当が付かない。ましてや、副官としてどうすべきなのかは、尚更《なおさら》分からなかった。頭の中が真っ白になったまま、斑尾は、ただ立ち尽くしていた。

＊

斑尾が席に着いたのは、守本に「副官、まずは座りましょう」と言われたからだ。腰を落ち着け、深呼吸したことで何とか頭も動くようになってくる。

考えてみれば、部隊や南西空司令部が何をするにせよ、副官が直接に何かをできる訳もなく、またしなければならない訳でもない、はずだ。それさえも分からなくなるほど、〝自殺〟がショックだっただけだった。

　自殺らしいことを考えてみれば、場所が基地内であることは気になった。もちろん、内務班で生活していて、衝動的に飛び降りた可能性はある。しかし、列車への飛び込み自殺など、ニュースになることを意図して場所や方法を選ぶこともある。そうした自殺の意図は、注目を集めることだ。昼休み時に飛び降りたのなら非番だったはず。衝動的なものでないとしたら、いじめなど、何らかの告発を考えての可能性も考えられた。

「方面として、何をすることになるか分かる？」

　斑尾は、副官付の三人に尋ねてみたが、三和が首を振り、村内も沈痛な顔をしたまま押し黙っていた。自殺など、そうそう起きることではない。

「方面とかレベルのことは分かりませんが、まずは家族に連絡するはずですね。内務班員だとすれば独身でしょうから、両親になりますか」

　さすがに年の功だ。守本が答えてくれたおかげで、考えの基点ができた。

「そうだね。まずは家族の対応が必要か。だとすると、そのためにも最初は事実確認か……」

　自殺だとしたら、普通の事故以上に家族の意向で対応を変える必要がありそうだ。部隊としては、まずは司令部に一報を入れつつ、事実を確認することになる。今、第一報が来たのだから、西口が言っていたように詳細確認中のはずだ。しばらくは、報告が来るだけのはず。

三〇分ほど経過し、昼休み終了直前になって、再び西口がやって来た。副官室には報告、決裁のために待機している幕僚《ばくりょう》が並んでいる。昼の休憩時間が終わったら、すぐさま入室するつもりなのだ。西口は、彼らよりも先に報告するつもりなのだろう。

「誰《だれ》も入っておりません。どうぞ」

普通なら少し待ってもらうよう言う場面だ。しかし、溝ノ口は最優先で報告してくれと言っていた。斑尾は、入室状況を示す表示ランプを『入室不可』にしたまま西口を通した。幕僚長の馬橋、副司令官の目黒と報告を済ませ、西口が溝ノ口に報告している間に一三時を回った。報告を終えた西口に、報告の内容を尋ねる。

「飛び降りなのは間違いなさそうだよ。屋上に靴と遺書があった。両親宛《あ》てと小隊長宛て。久住睦夫《くずみむつお》士長、九空団基群施設隊管理小隊の電気班所属、二十歳。遺書の内容はまだわからない。小隊長宛ての遺書の内容が分かれば報告に来るよ」

素早く氏名階級、所属をメモする。

「コピーを渡すだけなら、預けてもらえれば渡します」

「そうするかもしれない。九空団は、かなりドタバタしてる」

当然だろう。踵《きびす》を返そうとした西口を呼び止めた。

「現在地は、那覇病院でいいんですよね？」

現在地という言い方は、自衛隊用語のようなものだ。斑尾は、搬送された久住士長が、現在は那覇病院にいることを確認したかった。

「そうそう。那病に担ぎ込まれた。状況は、医務官が報告してくれると思う」

那病と略される自衛隊那覇病院は、陸、海、空三自衛隊の共同機関の一つだ。共同機関だが、各地の自衛隊病院は三幕がそれぞれに管理している。那覇病院は、二〇二二年の三月まで空自管理だったが、自衛隊病院全体の改編の関係で陸自に移管された。ただし、場所は変わっていないため、空自那覇基地の正門を入って左に折れ、坂を下ると那覇病院に着く。建前上は陸自南那覇駐屯地《ちゅうとんち》ということになっているものの、見かけ上は空自基地内に陸自部隊がいるようなものだった。ちなみに、陸自の第十五ヘリコプター隊も那覇基地内に所在している。

通常業務として報告、決裁に訪れる幕僚に混じり、次に飛び降り関連でやってきたのは、人事課の風見《かざみ》一尉《いちい》だった。風見の風貌《ふうぼう》は、地味なサラリーマンというべきものだ。黒いセルフレームのメガネをかけている。スーツを着ていたら、どこぞの役場の係長にしか見えないだろう。

「資料を渡すだけなら預かって、空いた段階で渡しますが？」

「いや、直接報告するからいい」

「何か、特異な事情でもあるんですか？」

斑尾が風見の耳元に囁《ささや》くと、彼は首を振った。

「いや、特に特異なことはないよ。原本しか持ってきてないから」

個人情報保護法が施行される以前から、人事の情報管理はかなり厳密だ。暗号化などの技術ではなく、ひたすら生真面目さで管理している。久住士長の報告についても、原本を使って口頭で説明するらしい。

「風見一尉、司令官が空いたので、先にどうぞ」

優先度は高いので、順番待ちをしている幕僚をすっ飛ばして報告に入ってもらう。通常は守る幕僚長からという順序も関係無しに、ＶＩＰ三人の部屋が空き次第だ。

医務官室からの報告は、相変わらず医務官の山城《やましろ》一佐本人が訪れた。報告を終え、戻ろうとする山城に「どうですか？」と問いかけた。

「まだなんとも」

そう言って首を振ると、状況を教えてくれた。

「足、骨盤、脊椎《せきつい》に損傷があるが、命の危険性があるのは脳だ。頭蓋骨骨折はないとのことだが、内出血もあり脳圧が高い。ＩＣＵに入っているよ」

「そうですか。ありがとうございます」

しばらくは危険な状況が続きそうだった。

「後は、両親の件と……理由か」

＊

斑尾は、自分の特借《とつかり》に帰り着くと、駐車場に車を止め、その足で〝ゆんた〟に向かった。

入口を少しだけ開け、目に付いた唯《ゆい》に呼びかける。

「どうしたの？　入ってよ」

「いや、こんな格好だから」

斑尾は、自分の肩口をつまんで迷彩作業服を見せた。

「すぐに詰められるものを詰めてくれない？　なんでもいいよ」

「何でもって言われても……ちょっと待ってね」

そう言って、唯は厨房《ちゆうぼう》の方に消えていった。事情を聞かれなかったのはありがたかった。

今日は、賑やかな雰囲気の中に入りたくない。

「テビチとありあわせをつめたよ。七〇〇円でいいってさ」

唯は食品保存用の容器を袋に入れて持ってきてくれた。代金を渡して受け取る。

「ありがと」

そう言って背を向けると、肩をぽんと叩《たた》かれた。

「元気だしてね。明日は食べに来てよ」

斑尾は、振り返ってなんとか笑顔を作った。唯は何も言わなかったが、自殺騒ぎのことを耳にしているのかもしれない。重い足取りで海風にしめった特借の階段を上り、ドアを開ける。室内に入ると、盛大にため息を吐《つ》いた。

精神的なダメージが大きかった。斑尾は、久住士長が小隊長宛てに書いたという遺書のコピーを読んでいた。

「見なきゃ良かった……」

久住士長は、九空団基地業務群施設隊の所属だ。那覇基地には、南施隊と略される南西航空施設隊も存在しているが、南施隊は、方面隊全域の施設作業に携わる。新設や大規模な補修が任務で、日々の施設維持管理はそれぞれの部隊に任されている。那覇基地における施設の維持は九空団基群施設隊の任務だった。

施設隊内では、管理小隊電気班で勤務していた。電気班は、那覇基地の電気設備全般を維持管理している。斑尾が勤務している司令部庁舎でも、電気のトラブルが起きれば彼らの世話になることになる。もっとも、司令部庁舎はまだ新しく、電気のトラブルは皆無だった。しかし、基地内には米軍から移管された古い建物も残っている。過去には、電気設備が原因で火災が起こったこともあるらしい。

〝私の技量が未熟なことはわかっています。でも、もう無理です。この電気班には耐えられません〟

遺書には、彼が電気班内でいじめにあっていたと書かれていた。遺書の内容を、そのまま鵜《う》呑《の》みにすることはできないが、班長である浮島曹長《うきしまそうちょう》以下の電気班員から、言葉と暴力によっていじめを受けていたらしい。以前は、それほど酷《ひど》いものではなかったようだが、半年ほど前から悪化したと書かれていた。

先輩班員だけでなく、班長からもいじめがあったようだ。パワハラだとも言えるだろう。久住士長は、班長を飛び越して小隊長にいじめを訴えることも考えたが、できなかったと書いていた。遺書では、いじめをなくして欲しいと訴えていた。

直近上司の班長を飛び越し、その上の上司に訴えることも手段の一つだったし、防衛省では、他にも相談手段を用意している。しかし、それが必ずしも有効に機能するとは限らない。特に彼のように先輩だけでなく直属上司がいじめに関《かか》わっている場合、そうした通報手段を用いれば、より酷いいじめを受ける可能性さえある。

彼は、それが怖かったようだ。小隊長に訴え出ることができなかったのも、やはりそうした理由のようだった。

斑尾は、ダイニングテーブル代わりにもしているパソコンデスクに食品保存用の容器を置き、そのまま箸《はし》を突っ込んで食べ始めた。

まだ遺書のコピーが報告されてきただけで、正確な事実関係は分からない。それでも、久住士長が、飛び降り自殺を図るほど精神的に追い詰められていたことは間違いなさそうだ。

自衛隊でのいじめは、マスコミがこぞって取り上げることもあり、耳にすることは多い。それに、自衛官として勤務していれば外には出ない噂も耳にする。

昔は、世間でイメージされるように、腕力に訴えたいじめが多かったようだ。斑尾は目にしていなかったが、鉄拳制裁という名のパワハラもあったようだ。しかし、そうしたいじめは否定されるようになっているし、何より証拠が残る。そのため、自衛隊内でのいじめも、世間一般と同じように陰湿化していた。

久住士長の場合も、物理的な暴力は、頭をこづかれたり、つねられるといったレベルで、多くは言葉の暴力だったようだ。

その一方で、職場はもちろん、内務班でも同室の班員から責められていたようで、精神的な意味を含め、逃げ場がなかったのだろう。

遺書には、そうしたいじめの一例が書かれていた。個人名も書かれていた。班長の浮島曹長を筆頭に、電気班の先輩のほとんどが関わっていたようだ。

事実確認は、関係者からの聞き取り調査という形で、既に始まっているだろう。内務班や職場の現場保存なども行われているかもしれない。

そして、今後の動きに大きく影響するもう一つの要素は、久住士長の家族だった。課業時間の終わり間際になって、家族と連絡が取れたという報告が上がっていた。久住士長は鹿児島《かごしま》の出身で、指宿《いぶすき》市に住む両親と今は大阪で働いている兄がいるという。明日、両親が沖縄に来ることになっている。

斑尾は、味を感じられないまま食事を終え、箸を置いた。窓を開け、ベランダにでる。台風シーズンは終わりに近づいていたが、それでもまだ台風が来る可能性がある。物を置いておくと飛散する可能性があるので、ベランダの床に見えるものは海風が運んで来た埃《ほこり》だけだ。

斑尾の特借は、空港に向け傾斜した斜面上に立てられている。ベランダに出れば、空港設備の一部を目にすることができた。様々な灯火が輝いている。那覇病院は死角に入っていて見えない。今もＩＣＵで懸命な治療が続けられているのだろう。何とか助かって欲しかった。かなりの重傷を負っているようなので後遺症が残るかもしれないが、それでも生きていれば希望も見つかる。職場のトラブルで自殺するなんて、なんてバカなことをしたものだと思った。しかし、そんなバカなことをしてしまうほど、精神的に追い詰められ、正常な思考ができなくなっていたのかもしれない。

九空団が作成した久住士長の勤務環境といじめに関する速報では、半年より少し前に小隊長が交代していたことが報告されていた。部内幹部の一尉から、幹部候補生学校と術科学校を出たばかりの防大出身の三尉に代わっていた。

〝目が届かなくなっていたのではないか？〟

誰もがそう思う背景事情だった。まだ細部の状況が分からないため、誰かに相談しようにも、相談すべき問い自体が斑尾の頭の中で、具体的な形になっていない。それでも自殺、それも基地内での飛び降りという話題は、一人で考えるには重すぎた。斑尾は、空港の夜景を眺めながら携帯で久しぶりにかける番号を呼び出した。

相変わらず、応答は早い。二回目の呼び出し音が鳴る前に『はいはい。梶《かじ》ヶ谷《や》でございます』と間の抜けた声が響く。同期で同特技、更に斑尾と同じように北空司令官の副官に補職されている梶ヶ谷二等空尉だった。おいそれと話すことができない話題でも、彼なら問題ない。

「久しぶり。今大丈夫かな?」

互いに忙しい身なので、いつも第一声は会話を続けられるかの確認だ。

「いいよ。副官室で一人だからね」

「あ、悪いね。お疲れさま」

相談と言える話でもないため気が引けたが、梶ヶ谷の方から問いかけられた。

「何があったん?」

ここで遠慮したら、かえって気にさせてしまうだろう。

「うん。相談ってことじゃないんだけど、ちょっとショックなことがあってね。基地内で隊員が飛び降りちゃったのよ」

そう切り出して概要を告げる。相づちを打つ梶ヶ谷の声も、最初のような軽い調子ではなくなっていた。

「専門性が高いってのは、閉鎖性も強くなりがちだからな」

空自の場合、各機能の専門性が高く、他の部署からは何をしているのかさえ分からないこともある。施設隊の管理小隊にしても、久住士長のいた電気班、ボイラーを扱う給汽班、その他の設備を担当する設備班があり、それぞれの班は、業務自体が全く異なる。電気班の内部を詳しく知るのは電気班員だけだ。高い専門性で運営されていると言える反面、セクショナリズムが横行しやすく密室化しやすいとも言えた。

「やっぱり、その悪い面が出てしまったと思う？」

「その可能性はあるだろうな。俺《おれ》ら高射は、部隊の雰囲気が陸自みたいなもんだから少し違うけど、航空団は良い面も悪い面も『ザ・空自』だかんな」

斑尾がいた五高群や以前の勤務地でも、斑尾自身、久住のような電気員とも身近に勤務していたし雑談もしていた。ジュース代を誰が持つかをかけたジャンケン、通称ジュージャンさえいっしょにやっていたくらいだ。高射隊単位で、基地を出て展開するため、各セクションが協力し、隊だけで自己完結しないとやっていけない。そうした事情もあり、部隊の雰囲気が陸自に近くなっている。

航空団でも、各機能の交流ができている部隊はある。ただ、その交流が業務上必ずしも必要ではないため、交流がない部隊もある。もしかすると、小隊長の交代を機に、そうした交流がなくなった、言い方を変えれば、目が届かなくなった可能性はどうしてもあるのだ。

「だとしたら、本人はもちろん、周りも居たたまれないね」

「だろうな。下手をしたら、その新任の小隊長もヤバイかもしれないぞ。見ておかないとメンタルをやられてしまうかも」

「だね。今も治療が続いているはずだけど、何とか保って欲しい」

「それに、明日到着するっていう家族に頭を下げるのも、その小隊長だろ。施設隊長もいっしょだと思うけど、つらいはずだぞ。何を言われるか分からないしな」

確かにそうだ。家族からすれば大切な息子を預けていたのだ。罵詈《ばり》雑言《ぞうごん》を浴びせても不思議はなかった。そうなったとしても、ひたすら耐えなければならない。もちろん、新任であっても、その小隊長には久住士長が自殺することなどないように管理する責任があった。しかし、幹部になったばかりの新任三尉には厳しいはずだ。

電気班に問題があったとしても、それを指導できたのか、そもそも問題を把握できたのかが問われるはずだが、その責任を果たすことができる人事が行われていたのかも問題になりそうだった。

「ありがと。少し頭が整理できたかも」

「いや、こっちも参考になるよ。北空だって同じような問題が起きるかもしれないし、その内に事例が回ってくるだろう。実情を知っていれば、事例を読んでも理解しやすいからな」

この飛び降り事案が、どう処理されるにせよ、同種の事案を発生させないよう、速報を含めて事故事例として自衛隊内で情報共有される。ただ、そうした資料には概要しか書かれないため、せっかく共有されても、教訓が何なのか分からないことも多いのだ。

斑尾は電話を切って目を上げた。海風の運ぶ厚い雲が、洋上を覆って垂れ込めている。沖縄の冬が近づいて来ている証拠だ。それが、未来を暗示しているように見えてやりきれない。斑尾は、ベランダからダイニングキッチンに戻って、アルミサッシの窓をぴしゃりと閉めた。

＊

遅い夕食を〝ゆんた〟で食べ、特借に戻った斑尾は冷蔵庫を開けた。頂き物のピタンガが入っている。ピタンガは、プチトマトを少し大きくしたような真っ赤なフルーツだ。形はカボチャに似ているが、皮は薄く、そのまま食べられる。沖縄でもそれほど多く作られてはいない。秋から冬が旬《しゅん》のトロピカルフルーツだった。

軽く水洗いして頰張《ほおば》ろうとしたところでスマホが鳴った。お気に入りのゲーム音楽だ。

部隊や溝ノ口など、何を措《お》いても出なければならない相手ではない。慌てずに包丁を置き、タオルで手をぬぐう。ダイニングキッチンの隅においてあるパソコンデスクに向かい、スマホを手に取った。画面に表示されている相手は、先日話し相手になってもらった梶ヶ谷だった。

「はい、斑尾です」

「仕事中じゃないよな？」

「土曜のこの時間に仕事をしてたら、さすがにヤバイでしょ」

既に二二時近い。普通なら電話を避ける時間だったが、互いに、この時間の方が逆に気兼ねしなくて良いという特殊な配置に就いている。

「この間の飛び降りの件はどうなったかなと思ってかけたんだ」

「やっぱり気になるよね」

斑尾は、そう答えて椅子《いす》に腰を下ろした。少し話し込むことになるだろう。

「もちろん気になるけど、昨日、司令官がその話っぽいことを副司令官と話してたから、できれば情報収集させてもらおうと思ってね」

「星付きの人たちの間では、話題になってるんだろうね」

将官の階級章には、大きな星が並ぶ。正確には桜星と呼ばれる桜を象《かたど》った星だったが、自衛隊内でも星で通じる。星付きと言えば将官を意味していた。

「そりゃ、知っている人間が関係しているとなれば、気になるのが人情ってもんだろ？」

部隊内でのいじめが原因となって飛び降りたのだから、他の方面隊でも、指揮官が気にすることは当然だ。しかし、今回の飛び降りが注目されている理由には、他の事情もあった。

関係者、飛び降りた久住士長の上官であった新任の小隊長が、補給本部長の子息だったのだ。補給本部は、航空方面隊よりも一つ上のレベル、メジャーコマンドと呼ばれる部隊になる。補給本部長になれば、次は航空幕僚長になるか、退官するしかない。航空自衛官の中でも五本の指に入る存在だった。

自衛官は異動が多いため、将官同士は、ほぼどこかで接点がある。家族ぐるみのつきあいをしていることも少なくない。関係者となった小隊長を直接見知っている将官もいるかもしれなかった。

「だよね。時々相談に乗ってもらってるから、その借りを返すにもちょうどいいかも」

おいそれと話せる話題ではないものの、同じ航空方面隊司令官の副官なら、話せる相手、話せない相手はわきまえている。隠す必要はなかった。

「まだ流動的な部分はあるけど、方向は出てきたよ」

そう言って、斑尾はスマホで相談した以降に判明した情報を話した。

「まず、命の危機は脱したみたい。回復には相当時間がかかるだろうし、後遺症がどうなるかなんてところはまだまだ分からないけど、峠は越えたって」

「そりゃ良かった。一安心ってところだな」

「そうだね。混乱していた両親とも、やっと話らしい話ができるようになったたって」

沖縄に着いた直後は、特に母親の方が茫然自失《ぼうぜんじしつ》といった状態で、謝罪や説明をしようとしても、それを聞くことのできる状態ではなかったそうだ。父親の方は、母親のことが気がかりで、『後にして下さい』と言っていたらしい。

「命を取り留めたことで落ち着いてきたから、話を聞いてもらえるようになった反面、対応している施設隊長や管理小隊長が責められているって。件《くだん》の小隊長が土下座して謝っていたらしいよ」

「責められるのは当然だろうな。仕方ないよ。部隊として、いじめがあったってことは認めてるの?」

それが焦点だった。家族としては、部隊がそれを認めるかどうかで気持ちの面が大きく変わってくる。それに、気持ちの問題とは別に、後になって揉《も》める原因となる金銭的な問題にも影響してくるからだ。

「まだ確認中だけど、班員の中にはいじめを認めている隊員もいるから、両親には『いじめがあったようだ』とは話してるよ。九空団としても方面としても、事実確認ができれば、いじめがあったとして認める方向で動いてる」

「空幕も、それでOKだと言ってる？」

「確定じゃないけど、いじめたことを認めている隊員もいるから、OKになりそうだって聞いたよ。やっぱり、空幕は、こうした問題では渋いのかな？」

「渋いというか、似たような話は時々あるから、事実関係が曖昧《あいまい》な場合に認めてしまうと、他のケースでも認めることを迫られる。それを警戒しているらしいね」

空幕は、航空自衛隊全《すべ》ての案件に関わる。その事例が、他の事例に影響することを気にせざるを得ないのだろう。

「公務災害として認定するかどうか、って問題らしいね。私も聞いたよ」

公務災害は、公務員における労災《ろうさい》、労働災害にあたるものだ。非番中の飛び降りであっても、公務災害として認められれば、国から補償が行われることになる。

いじめがあったとなれば、部隊を管理しなければならない自衛隊の落ち度ということになる。自衛隊の落ち度ならば、その責任は自衛隊、つまり国だ。いじめが存在したと認定することは、公務災害として認定することにつながり、隊員本人や家族が補償を受けられることに直結する。

「そうそう。でも、ふざけた奴《やつ》もいるらしいから……」

部隊としては、隊員のためにも補償を受けられるようにしてやりたいと考えることが普通だ。しかし、中には国から補償を受けることを目的に、いじめを受けたと騒ぐ者もいるらしい。空幕がいじめとして認めることに慎重なのは、そうしたケースを警戒してのことだそうだ。

「でも、今回は死にかけてるからね」

今回のケースでは飛び降りた久住士長は生死の境を彷徨《さまよ》っている。何とか命を取り留めたという状態なので、死んでいたとしても全くおかしくなかった。補償を目当てにしていたということはあり得ない。

「そうだな。その点では、揉めそうにないな」

「うん。それに、懸念してたマスコミ対応も、当面は大きな騒ぎにならないと思う」

「それは良かった……が、どうしてだ？　自殺となれば、騒ぎになるだろう？」

「ご家族の意向。家族としては、一番大切なのは久住士長本人だから、自衛隊がいじめがあったことを認めてキチンと対応してくれるなら、大きな騒ぎにして欲しくないって言ってる。こんなことになってしまったけど、久住士長本人は、自衛隊に入れたことをすごく喜んでたらしいよ。だから、回復すれば自衛官を継続する可能性もあるんじゃないかって考えてるらしい」

「なるほどね」

「だから、噂を聞きつけたマスコミが、取材の申し込みをしてきているんだけど、基地としては、怪我をして治療中で、事実確認中としか公式には発表してない。その上で、オフレコで、家族が騒いで欲しくないと言っていると伝えたらしい。マスコミは裏取りをするだろうけど、家族が実際に騒いで欲しくないと言っていることを確認したら、公式発表以上のことは報道できないでしょ」

「でも、いじめを認めれば、処分しなきゃならないだろ。その時は発表するんだろ？」

「そうなるみたい。でも、本当にまだ事実確認中だからね。関係者の聞き取りは、一通り終わったみたいだけど、久住士長自身の意識はまだ戻ってないから、事実確認の終了はもう少し先になるよ。処分の方針を出すのは更に先だから、まだまだだね」

「そうか。そうなると、その小隊長、補本長の息子さんがどうなるかも、ぜんぜん分からないな」

「そうだね。でも、梶ヶ谷が言ってたみたいに、九空団が、その小隊長のメンタルを気にしているって話も出てたよ。そもそも、術科学校を出たばっかりで彼に管理ができたのか、施設隊長が小隊長をフォローしてなかったのかとか、管理面の問題が指摘されてる」

「だろうな。俺らは付《づき》幹部からスタートだったから良かったけど、いきなり小隊長とかやらされてた奴は大変そうだったもんなぁ」

　梶ヶ谷も斑尾も、最初の配置は小隊付幹部だった。上司に小隊長がいて、直接指揮する部下隊員はいなかった。小隊長の仕事ぶりを間近で見て学ぶ機会があった。しかし、職種によっては、いきなり小隊長に補職されることもある。

今回のケースがそれだった。補本長生天目《なばため》空将の子息、生天目三尉は、部隊配置になった直後に、定年が近い班長が部下となり、彼らを指揮して、小隊全員をまとめなければならない立場になったのだ。

自分自身が初級幹部自衛官だったから、斑尾は、どうしても生天目に思い入れをしてしまう。自分が生天目の立場だったら、と考えると、身震いするほど恐ろしかった。

「人が足りないこともあって、補職や配置でそうなってしまう人が出るのは仕方ないとは言え、本当に自分じゃなくて良かったと思うよね」

斑尾自身、人付き合いはさほどうまくない。梶ヶ谷のように飄々《ひょうひょう》と受け流せない。生天目がどんな性格なのか知らなかったが、つらい立場だったのは間違いなかった。

「そうだな。どこの軍隊でも同じで、下級将校はつらいんだろうなぁ。でも、ありがとう。助かった。また状況が動いたら教えてくれよ」

斑尾は、久住よりも、むしろ生天目の気持ちを思いやりながら通話を切った。この問題が、次に大きく動くのは、久住の意識が戻り、彼の供述を聞けてからになる。いじめを行っていた隊員には、何らかの処分が下される。生天目やその上司である施設隊長も、管理責任が問われることになるだろう。

斑尾は、スマホを置いて目を閉じた。少し先のことだったが、嫌な話題が確定的に予定されているのは嫌なものだった。

＊

「飛び降りの件で報告するよ」

西口が、そう言って副官室前を歩き過ぎる。

「どうぞ」

最も廊下に近い位置に座っている三和が答え、幕僚長室の入室可否表示を『入室不可』に変更した。

梶ヶ谷と電話で話した週末から二週間近く経過していた。あの日の翌週には、久住が意識を取り戻していたが、家族の面会が許されただけで、部隊が聴取を許されたのは、更に一週間が過ぎた後だった。

「聴取は終わっているって話ですが、何の報告ですかね？」

三和は、南西空司令部に異動していても、寝起きする内務班は飛び降りのあった九空団の隊舎内にある。年齢や階級も久住に最も近い。やはり気になるのだろう。

「久住士長の聴取結果はもう報告されているし、総務課長の守備範囲内となると、部外への発表のことだろうね」

飛び降りをするくらいだ。意識が戻っても、久住は精神的にも参っており、当初はまともな聴取ができなかったらしい。しかし、家族が那覇病院に日参したこともあり落ち着きを取り戻した。その後の聴取はスムーズに進んだと報告されている。

聴取結果をまとめた文書も、先日報告された。久住以外の関係者の聴取が先に進んでおり、彼らがいじめの事実を告白していたため、報告の草案は久住の聴取が始まった時点で、ほぼできあがっていたらしい。久住の聴取は、その裏付けとして必要だったのだ。

事実関係の報告は終わっている。今西口が報告する内容は、その事実に基づくアクションのはずだった。

VIP三人に報告を終えた西口に尋ねる。

「報告は、部外発表のことですか?」

「そう。九空団から報告が来たんだよ。現時点での会見は実施せず、文書発表もなしにしたいということだったんでね」

「やはり、ご家族の意向ですか?」

来沖《らいおき》した直後から、久住の家族は騒いで欲しくないと言っていた。それでも、意識が戻ったとの噂を聞きつけ、マスコミが発表を求めて騒いでいた。

「ご家族もそうだし、久住士長本人も、騒がれたくないと言っているからね」

自殺を考えるほどだった人間の事情を報道され、見知らぬ人が噂話のネタにしているなど、とても耐えられないだろう。

「なるほど。ご指導はありましたか?」

「いや。九空団の案のとおりでＯＫになったよ。処分が決定するまで部隊としても発表はなし。九空団司令も司令官も悩んだみたいだけど、両親だけでなく久住士長本人も嫌がっているからねぇ。いじめとして注目されているから、会見くらいはやった方がいいと言う意見もあるんだけど……」

「そんなことにならなくて、良かったと思います」

斑尾は心の底から言った。

総務は、主にマスコミ対応の報告だった。他にも、久住の症状について説明が必要な時は、医務官の山城が行っている。そして、いじめを行っていた関係者の懲戒処分が検討されているため、時折、人事課の風見一尉も報告に入っていた。

「どうなりそうですか？」

事実関係が分かってきてから、斑尾が最も気になっていたことだった。

「いじめがあったことは明らか。本人たちも認めている。それに、このご時世、いじめが強く非難されるだけでなく、自衛隊の募集難もある。関与の軽重によって処分は異なってくるけど、厳しい処分になる見込み」

「あ、はい。いじめを行っていた隊員は、そうなって当然なんだと思いますが、管理小隊長や施設隊長の管理責任はどうなるんですか？」

斑尾が気にしていたのは、久住をいじめていたという班長や班員の処分ではなかった。

彼らの上司である小隊長の管理責任についての処分がどうなるかだった。

恐らく、斑尾だけでなくVIPも気にしているだろう。補本長の子息だということもあるだろうが、詳しい状況が報告されると、彼が処分されるのは酷に思えたからだ。

いきおい、その小隊長生天目三尉のメンタルも懸念される事項に入ってくる。彼は、幹部候補生学校を優秀な成績で卒業していたらしい。正確な席次は教えてもらえなかったが、トップかそれに近い席次だったようだ。防大の席次も良かったという。

頑張っていたのだろう。しかし、今回の件で、彼も処分されることになれば、同期の中での彼の序列は、大きく下がることになるはずだ。それが、彼の行いの故であれば、当然それは仕方ないこと。もちろん、建前としては彼には小隊長としての責任があり、部下である電気班長をはじめ、久住を含めた班員の管理をしなければならなかった。しかし、防衛大学と幹部候補生学校を出たばかりで、現場をほとんど知らない者に、それを十分に行えというのは無理があったように思えてならなかった。

「そっちか……」

風見は、そう言うと言い難《にく》そうな顔を見せた。

「あ、伏せる必要があるなら結構です」

業務上というより、個人的に気になっていることだった。おいそれと話せる内容ではないはずだ。無理に聞くことはできない。

「いや、そうじゃないよ。実は、意見が割れていてね。小隊長の方も重く処分すべきという人もいれば、小隊長をケアすべきだった施設隊長の責任だという人もいて揉めている」

「そうですか……」

指揮官としての責任は重い。たとえ学校を出たばかりで配置に就けられたのだとしても、責任は果たさなければならないという人もいるのだ。

「副官は、どう思う？」

「私は無関係ですから」

斑尾は、口を出すことは控えようと思った。副官という配置にいるから情報を知ることができるだけで、口を出すことが許される配置ではない。

「参考にするだけだよ。副官としての意見を聞きたいのではなく、生天目三尉ほどではないにせよ、同じ初級幹部の一人としての意見を聞きたい。それで、何かを決めることはない。あくまで参考にするだけ」

「そうおっしゃるのでしたら……」

斑尾は、ためらいながらも口を開いた。

「自分が、もしその管理小隊長の立場だったらと考えると……というか、どうしてもそう考えてしまうのですが、いじめを止められたのかという点については疑問です。彼がいじめの事実に気がついていなかったという報告を見ました。班長以下の班員が小隊長に隠している状況で、その兆候を把握しなければならなかったはずです。ある程度経験を積んでくれば、班長の報告や隊員のちょっとした様子から『何か変だ』ということを察することもできると思います。でも、自分の過去を思い返しても、幹候校《かんこうこう》や術校《じゅつこう》を出たばかりの頃《ころ》に、それができたとは思えません」

「やっぱりそう思うか〜」

「やっぱりというと、同じように言う方が多いですか？」

斑尾の言葉に、風見が渋い顔を見せた。

「多数決で決まるものじゃないが、九空団は、そうしたいと考えている。小隊長よりも、彼をケアすべきだった施設隊長の方に重い処分を科すという考え方。団司令もそう考えている」

「ということは、小隊長にも重い処分を科すべきというのは、こちらの話ですか⁉」

斑尾は、思わず大きな声を上げてしまった。近くの席にいた守本が「副官」と言って立てた指を口元に当てている。

「すみません……」

「俺はいいけど、聞こえるんじゃないか？」

副官室前の廊下に立つ風見は、ＶＩＰ室が並ぶ廊下の先を見ていた。斑尾は、声を潜めて問いかけた。

「もしかして、揉めているというのは、こちらのＶＩＰのどなたかが、小隊長にも重い処分を科すべきと言って、九空団と揉めているんですか？」

風見はしばらく無言で立っていた。ややあって、廊下の先を覗《うかが》いながら、ぽつりと言った。

「司令官がね。思うところがあるようだ」

風見が、厳しい表情を見せていた理由を、やっと察することができた。九空団司令と南西空司令官の意見が対立しているのだ。続いて出てきた風見の声にも、苦々しさが乗っている。

「もちろん、重いと言ってもそれほど重い処分ではないし、施設隊長と比較して、軽くしないという意味での重い処分だ。ただ、微妙なラインというか、ほんの少しの違いが、大きな違いになるところなんで、こちらも胃が痛いのさ」

風見の言わんとするところが分からない。たぶん、もう少し経験を積めば、斑尾にも察することができるのかもしれなかったが、今はまだ謎《なぞ》の言葉でしかなかった。言い難い内容なので、察して欲しかったのかもしれない。しかし、分からない以上は聞くしかなかった。

「すみません。どんなラインで問題になっているんでしょう？」

「やっぱり、分からないか……」

そう言うと、風見は指先で頬《ほお》を掻《か》いた。

「副官は、『注意』と『口頭注意』の違いは分かる？」

そんなことを言われても、分かるはずはなかった。〝口頭〟が付くか付かないかの違いだろう。

「『注意』は、口で言うのでないってことですから、文書が出るってことですか？」

「まあ、間違っちゃいないが、二〇点……いや、一〇点かな」

「一〇点……ですか？」

間違いではないとは言われても、一〇点しかもらえないのでは、落第モノだと言われたようなものだ。

「後で達でも読んでもらうしかないけど、『注意』と『口頭注意』じゃ、大違いなんだよ。『注意』は、懲戒処分の一つとして定められている。ただし、懲戒処分の中では最も軽い処分だ。正式な懲戒処分だから文書が出る。少し語弊のある言い方かもしれないけど、〝立派〟な文書だよ。それが宣告される」

思った以上に仰々しいものらしい。

「それに対して『口頭注意』は、そんな文書はない。口頭で注意を受けるだけだが、『注意』が懲戒処分の中で最も軽い処分だってことは、『口頭注意』は懲戒処分じゃないってことがポイント。もちろん、騒がれるから周りもみんな知ることになるし、昇任や賞詞の対象になる際にも影響する。でも、懲戒処分じゃないから、正式な人事記録には載らない。この二つは大違いなんだよ」

「そうでしたか。不勉強でした」

風見が言うように、後で達などの関係規則を読まなければならない。

「でだ、九空団は施設隊長を『注意』、管理小隊長は『口頭注意』にしたいと言っているんだけど、司令官は、両者ともに『注意』にすべきなんじゃないかと言っている」

斑尾は、思わず息を呑《の》んだ。風見の説明を聞かなければ、大した話だとは思わなかっただろう。しかし『注意』と『口頭注意』がそれほど違うものならば、九空団司令と溝ノ口の間には、思いの外、大きな意見の相違があるということだ。

しかも、生天目三尉にも厳しい処分をすべきと考えているのは溝ノ口だという。

「ちょっと……驚きました」

「副官もか。俺も、それに人事課長も、司令官が小隊長に厳しい処分をと言うとは思っていなかったから驚いていたんだ。お考えがあってのことなんだと思うけど、九空団司令と電話で話すと言っていた。これからどうなるかは、その電話会談次第だね」

廊下を遠ざかって行く風見の後ろ姿を見ながら、斑尾は、溝ノ口がどうして理不尽とも思える処分をしようとしているのか気になった。

＊

「決裁は終わったよ」

司令官室を出てきた風見から声をかけられた。やっと決裁を終えたためか、ここしばらくみなかった晴れ晴れとした顔をしている。斑尾は、すかさず立ち上がってカウンターの前にでる。近寄って見ると、風見の目の下には、うっすらと隈《くま》ができていた。あまり眠れていないのだろう。風見が決裁を受けようとしていた文書は、いじめ事件での処分に関する航空総隊司令官への報告だった。

「そのままで、ＯＫですか？」

風見の決裁文書は、九空団司令が下す予定の懲戒処分の内容を、南西航空方面隊として航空総隊司令官に報告するものだ。

「ああ。懸案だった管理小隊長の処分も、片が付いているからな」

結局、九空団司令の若杉《わかすぎ》将補は、溝ノ口に説得され、管理小隊長生天目三尉も注意処分とすることとしていた。

「後は、総隊司令官と空幕長がこの内容に異を唱えなければ、正式な処分が出るという認識で間違いないですよね？」

「本来の処分権限は九空団司令だし、人事のラインでは情報を上げてある。担当部署である総隊司の人事課も、空幕の人計課も反対していない。注目される案件だから口頭報告もしてあるだろう。上でひっくり返してくるってことは、普通はないはずだけどな」

「そうですか」

風見は知っているからそう言うのかもしれないが、斑尾にはその〝普通〟が分からない。肩の荷を下ろしたような顔を見せている風見と違い、斑尾は不安だった。それでも、風見がそう言うからには、恐らくこれで確定なのだろう。

電気班長以下のいじめを実行していた隊員にはかなり重い懲戒処分。彼らを管理する責任がありながら、いじめを見抜けなかった管理小隊長、生天目三尉は注意。経験不足だった生天目をフォローしなければならなかった施設隊長も同じく注意。

直接いじめを察知しなければならない生天目は、本来ならもっと重い処分でもおかしくはないらしい。斑尾からしたらそれでも重く見えたが、これでも経験不足を考慮しているという。

「その関連ですが、後学のために一つ伺ってもよいでしょうか？」

風見は人事課に戻ろうとしていた。この件で風見が報告に来るのはこれで最後だろう。最後に聞いておきたかった。

「なにかな？」

この処分に関して、一つ気になっていたことがある。風見に言われ、達などの関係規則は読んだので、理由は推測してあった。

「この懲戒処分ですが、本来処分の権限を持つのは九空団司令ですよね。でも、実際には南西空、総隊、空幕、全て報告の上、処分内容が決定されるみたいですが、その理由は、やはり影響が大きいからですか？」

斑尾の問に、細面の風見が肯いて見せた。

「もちろんそう。久住士長が、騒ぎにされることを望んでいないこともあって、まだ詳細を公表していないけど、懲戒処分が決定されればマスコミ発表もしなければならない。自衛隊でのいじめとなればマスコミの格好の標的になる。話題になることが明らかだから、世論への影響も考えておかなければならない。九空団司令の意見は尊重されるけど、勝手にやっていいとはならない」

「やっぱりそうですか。でも、そうだとすると処分権限は、最初から空幕長に持たせておいた方がいいようにも見えますが、そうなっていないのは、有事前提ってことでしょうか？」

「そういうこと。今は平時だから、司令部でこんなことを話題にしていられる余裕もあるけど、有事にはとてもこんなことはやっていられないからね」

風見の言葉には納得できた。やはり、自衛隊の規則類は、有事を前提に作られている。平時にそのまま杓子定規《しゃくしじょうぎ》に行えば、不都合が生じるということなのだろう。

「やはり、そうなんですね。ありがとうございました」

斑尾は、風見に頭を下げた。

これで処分の方向性ははっきりした。その内容には、正直言って納得できていないものの、斑尾にどうこうできる話ではない。ただ、機会を見つけて溝ノ口の意図は聞いておきたかった。そう思っていると風見に問いかけられた。

「やっぱり不満か？」

「え？」

「自分が生天目三尉の立場だったら、いじめに気がつけたとは思えないって言ってたじゃないか。彼が注意処分になることが不満なんじゃないか？」

どうこうできる話ではないと思っていても、納得はできていなかった。斑尾は、思わず両手で頬を押さえた。

「顔に出てましたか？」

「結構、分かりやすかったな」

腹芸スキルをもう少し鍛える必要がありそうだ。

「……やはり、少し理不尽なんじゃないかと思っています」

そう言ってから、頭の中を整理しながら言葉を継ぐ。

「もちろん建前としては処罰を受けることも理解できます。指揮官の責任の重さを考えれば当然なのかもしれません。ただ、やはり、それだけの責任を付与すること自体に無理があったと思います。だからこそ、施設隊長も注意処分を受けたのだろうと理解しています。それならば、管理小隊長の処分は、少し重すぎるんじゃないかと思っています」

風見はしばらく無言だった。

「そういう意見があることは、司令官にも報告した。司令官も迷われているようだったが、それでも注意とする方向で九空団司令とも話された。司令官は『空自のためには、この方がいいと思っている』と言っていたな」

「空自のためには、この方がいい……ですか。どういう意味なんでしょう?」

見せしめということなのだろうかと訝《いぶか》しんだ。風見も、そう理解したようだ。

「よく分からない。いじめを防止する義務、自衛隊的に言えば、部下隊員に対する管理の重要性を認識させるためなのかもしれない。だが、それだけじゃないようにも感じた」

それだけじゃないということは、風見も確信は持てていないようだ。やはり、溝ノ口に聞いてみたいと思った。しかし、溝ノ口は風見にも明確に言わなかった。教えてもらえるとは限らない。むしろ、教えてもらえないような気がした。できるだけ、自分自身で考えてみる必要があるだろう。

風見の後ろ姿を見送りながら、斑尾は、空自のためという言葉の意味を考えていた。

＊

航空総隊、空幕の処置は早かった。もちろん、事前に幕僚間での報告がされていたからだろう。人事課の空曹に聞いたところでは、航空総隊司令官も空幕長も、南西航空方面隊の意見に同意したという。

「忙しくなりそうですね」

関連の報告、マスコミ発表について報告に来た西口に告げると、彼は「そうでもないよ」と言っていた。

「九空団内のことで懲戒処分権者は九空団司令だし、対外的には基地司令として、やはり九空団司令が対応することになる。発表内容の事前報告が上がってきたから報告したけど、これといった指導事項もなかった。九空団とすりあわせをする必要もない。後は、九空団の発表とマスコミの反応をモニターするだけだよ」

「では、南西空司としての仕事は、ほぼ終わりですか」

「そう簡単なら良いけどねぇ。なにせいじめが原因の自殺未遂だ。命は取り留めたし、今はかなり落ち着いたとは言え、マスコミとしては格好のネタだよ。これを機に、また反自衛隊キャンペーンをやるかもしれないし、その覚悟はしておかないと」

そう簡単に安心はできないようだ。

「なるほど」

「でも、いじめに関与した当人たちは、かなり強い処分になった。首謀者だった電気班長は停職だけど、自衛隊が下す処分以上に、依願退職を申し出ているからその方が影響としては大きい。そのことも発表することになる。再発防止策の教育なんかは、既に実施しているものを発表する。何とかなるだろうね」

西口の言う通りになってくれるならいい。それでも、斑尾には別の懸念もあった。副官としてではなく個人的なものだ。本人には、予告されているかもしれないが、生天目は、正式に注意処分となることで、精神的なショックを受けるかもしれない。斑尾でさえ理不尽ではないかと思ったくらいだ。本人が同じように感じる可能性は十分にあるはずだった。いろいろと思案してみても、斑尾には、溝ノ口の言った「空自のため」という言葉の意味が分からなかった。西口がマスコミの動きを気にするように、自分は生天目が処分をどう捉《とら》えるのか、気にしておこうと考えていた。

＊

やっとチャンスがめぐってきた。九空団の副官、浦河二尉と話す機会だ。電話で話しても良かったが、個人的な内容だ。直接会って話したかった。特に調整しなくとも、会う場面はあった。

その日は、航空総隊司令官が先島方面の自衛隊施設視察のため、那覇に立ち寄っていた。空自将官なので二次会もある。出迎える南西空側も将官は全員参加で、例によって一次会は沖縄料理、二次会は金城《きんじょう》女史の店だった。総隊司令官の副官が随行していたため、副官もカウンターに並ぶことになる。

副官は副官で、もてなす必要もあるので、総隊司令官副官の徳留《とくどめ》一尉を囲んで話すことがメインだ。もてなすとは言っても、絶好の機会でもあるため、斑尾にとっては面と向かっての調整だ。話すことはいくらでもあった。

それでも、一通りの調整が済んでしまえば、後は副官の苦労話、言い方を変えれば不平不満だったり、ＶＩＰの悪口大会に花が咲くことになる。総隊司令官の佐原《さはら》空将は、少々古風な方で、副官の徳留も苦労しているようだ。ただし、司令官が同じ趣味の副官を選ぶように言ったらしく、毎週のようにゴルフ場に随行させられていることは、役得でもあるらしい。車を出しさえすれば、後は全て司令官が持ってくれているそうだ。斑尾は聞いても分からなかったが、プレイすることの難しいコースを巡っているという。

ゴルフの話題は、好きな人がいるもので、ほどなく彼は南警団の副官知多《ちた》二尉と話し込み始めた。知多は、前任地の与座岳《よざだけ》分屯基地勤務時代にゴルフにはまったらしい。分屯基地のすぐ横がゴルフ場だ。環境としては最高だった。

斑尾は、ちょうど話し相手のいなくなった浦河に話しかける。

「いじめの件は大変でしたね」

「いや本当に、胃が痛くなりました」

斑尾以上に大変だっただろう。九空団司令部内のドタバタぶりを聞いた後、斑尾はおもむろに切り出した。

奥のテーブル席では、総隊司令官の佐原がカラオケで聞いたことのない古い歌を歌っていた。

「実は、あの関連で少し気になっていることがあるんです」

斑尾は、琉球《りゆうきゆう》ガラスのグラスをカウンターに置いた。薄く作ってもらった泡盛《あわもり》のソーダ割だ。

「何でしょう？」

浦河は、斑尾がまじめな話をしようとしていることを察したのか背を伸ばした。

「管理小隊長、生天目三尉は注意処分になりましたが、彼の配置や経歴を考えると少し重すぎるのではないかと思いました。九空団司令も、当初は口頭注意に留《とど》める意向でしたよね」

「はい。団司令も、術校を出たばかりであることを考えれば、施設隊長がもっと意を払うべきだったということで、口頭注意で良いと考えたようです」

斑尾は、浦河の言葉に肯いた。

「司令官の説得で、団司令も注意処分に同意されたのだと理解してますが、そのことで生天目三尉が腐っていたり、落ち込んでいないか気になったんです」

　斑尾の言葉に、今度は浦河が肯く。

「実は、私も同じように思いました。斑尾二尉も同じかもしれませんが、どうしても、もし自分だったら、いじめを止められたのか、自殺しようとすることを止められたのかと考えてしまって」

「そうですよね」

　やはり、彼も斑尾と同じように考えたらしい。経験の浅い状態での現場配置で、自分より遥《はる》かに経験を積んだ部下を持つことは、誰しも苦労することなのだ。生天目の場合、それが最初からだった。注意処分を受けたということは、それであっても完璧《かんぺき》にこなせと言われたようなものだ。理不尽と感じて腐ってもおかしくないと思えた。

「だから、ちょっと調べました」

　少々驚いた。同じように考えたとは言え、斑尾が気にかけていたように浦河も気にして動いていたらしい。

「どうやったんです？」

　団司令副官も忙しい。団司令が基地司令を兼ねている関係で、時間的な忙しさでは、斑尾以上かもしれない。

「調べたと言っても、聞いて回っただけです。団内にも、同期や期の近い先輩後輩がいますから」

「なるほど。そこは防大の強みですよね」

部外幹部候補出身の斑尾が気軽に頼れるのは同期だけだ。しかし、防大出身者は、前後数期に直接見知った者が数多くいる。那覇基地のように大きな基地なら、そうしたちょっとした何かを頼むことのできる相手がいるのだ。

「ええ。それで、生天目三尉の様子を聞いたところ、以前と違い、ずいぶんとうろうろするようになったらしいです」

「うろうろ？」

「はい。どうやら、以前は下級指揮官である班長を尊重して、彼らを通じて小隊を掌握しようとしていたようです。ですが、それであのいじめを察知できなかったということで、彼はずいぶんと悔やんだと聞きました。今は、積極的に現場進出しているそうです」

自衛隊では、単に状況を知り、把握するだけでなく、指揮に従わせる状態を作ることまでを含め、部隊を掌握すると表現する。

「なるほど。それで、うろうろですか」

生天目は、久住の家族に土下座して謝っていたと聞いていた。心理的に悔やんでいるだけでなく、それまでの指揮を悔やんでいたということだろうか。

「はい。で、気がついたことを班長や小隊員に問いかけてるそうです。小隊を掌握する方法を根本的に変えたみたいです」

当然かもしれないが、生天目にとって、今回の事件は大きな転機になったようだ。

「その変化が前向きなものだったらいいですが、処分を受けたことで、精神的なことを含めて、追い込まれた結果、ということはないですか？」

「そこは、内心の問題なので分かりません。彼と親しい者は聞いているかもしれませんが、そこまでは確認できていません。それでも、傍目《はため》には落ち込んでいるようには見えないようです。前向きの変化なんだと思いたいですね」

浦河は、手にしたグラスに口を付けた。

本当に生天目が前向きに変化したのならいい。指揮のやり方は、その人その人のパーソナリティにもよる。部隊を掌握する方法にも向き不向きがあるのだ。

「じゃあ、彼が処分を理不尽に感じたり、落ち込んでしまうっていうのは杞憂《きゆう》だったのかなぁ？」

斑尾が独り言のように呟《つぶや》く。

「私も懸念してましたが、やはり杞憂だったのかもしれません」

浦河は、既に疑念を感じてはいないようだ。しかし、斑尾は釈然としていなかった。疑っているというより、納得できていなかった。

揺れる氷を見つめながら、泡盛ソーダの入ったグラスに口を付ける。泡盛のかすかな苦みが喉を駆け下りて行った。

＊

二次会が終わっても、溝ノ口は、なおも総隊司令官の佐原と二人だけで飲むと言っていたが、流石《さすが》に副官はお役御免となった。

普通なら三次会ともなれば夜も更けているところだったが、自衛隊の宴会はスタートが早い。一次会が一八時から二〇時、二次会が二〇時から二二時だったので、斑尾が特借に帰り着いても二二時三〇分を回ったところだった。

「ちょっと遅いけど、大丈夫でしょ」

もっと遅い時間に梶ヶ谷からかけてきたこともあるし、斑尾と同様に、まだ仕事中の可能性さえある。斑尾は、酔い覚ましのミネラルウォーターを飲みながらスマホで登録してあった番号を呼び出した。

「はいはい。梶ヶ谷でございます」

いつも通りの間の抜けた声が響く。斑尾は、通話を続けて問題ないことを確認してから、切り出した。

「例のいじめ事件の処分の件なんだけどさ」

北空司令官も気にしているということで、話して問題のない事項は、梶ヶ谷にも話してあった。

「当初は九空団司令も、管理小隊長の注意処分は重すぎると思っていたみたいだけど、南西空司令官と話して注意処分になったのよ。だから、管理小隊長が精神的にマイナスの影響を受けないか気になってたんだけど、九空団の副官から聞いたら、以前より積極的に動き回ってるみたいで、どうも前向きっぽいんだよね。どう思う？」

「良い変化ならいいじゃない……と思うけど、懸念してたのに杞憂に終わった理由が気になるってことか？」

「ハッキリ言えばそうかな。結局、司令官には見えていたモノが私には見えてなかったってことでしょ？」

「たかだか二等空尉に、空将と同じモノが見えている必要はないんじゃない？」

「そりゃそうだけど、何かこう、釈然としなくて」

「まあ、気持ちは分かるよ。同じように感じることはあるからね」

梶ヶ谷も、同じような経験があるのだろうか。

「でも、今回の件は、能力の問題じゃないかもしれないよ」

「どういうことよ⁉」

謎めかした言い方に腹が立つ。自然と声が低くなった。

「いや、確信を持っている訳じゃないんだけど、管理小隊長が注意処分になったと聞いた時、北空司令官が『生天目空将の息子さんだからな。注意処分くらいでへこたれたりせんだろ』って言ってたんだよ。直接、生天目三尉を知っている感じじゃなかったけど、生天目空将を知っていて、その子供だから大丈夫、むしろ『何くそ』ってなると思ってる感じだった。南西空司令官も同じかもしれないよ。多分、補本長のことは知っているだろうから」

「補本長を直接知っていて、その補本長が打たれ強い人だから、その子供の生天目三尉も、落ち込んだりせずに前向きに捉えるだろうって考えたってことか……」

溝ノ口は「空自のためには、この方がいいと思っている」と言ったらしい。生天目が処分に腐らず、むしろ奮起すると考えていたのなら、確かにつじつまは合う。

あるいは、いじめの防止のためには、管理者たる指揮官にも厳正な処罰を科しておきたいと思ったのかもしれない。それが多少理不尽でも、生天目空将の子供なら、そのくらいでへこたれないと思ったのだろうか。

「でも、そうだとしたら、他の人なら注意処分にはしなかったかもしれないってことだよね。公平とは言えないんじゃない？」

「そこまでは分からないよ。俺だって推測しているだけなんだから。それこそ司令官に聞かなきゃ分からないだろ。聞ける立場なんだから聞いてみたら？　俺も南西空司令官がどう考えたのか聞きたいよ」

確かに、梶ヶ谷の言う通りだ。もう、こうなると溝ノ口に聞いてみるしかない。ただの質問ではなく、「空自のためには、この方がいいと思っている」と言った言葉の答え合わせだ。斑尾が、自分なりの回答を用意した上で聞くのなら、教えてくれそうな気がした。

「分かった。聞いてみるよ」

斑尾は、深夜に電話したことを詫《わ》びると、通話を切った。

＊

いよいよ、実働演習が近づいてきた。それでも、以前に防衛課の栗原《くりはら》三佐から聞いていたように、実働演習は司令部ではなく部隊のための演習だ。部隊に釣られ、司令部にも慌ただしい雰囲気が流れているものの、ＣＰＸ前と比べれば余裕も感じられた。

報告や決裁に訪れる幕僚が途切れるタイミングもあるため、それを見計らってお茶を出すこともできる。

「副官入ります。お茶をお持ちしました」

日本茶とともに、最中を載せた菓子皿を置く。

「お茶の方は、先日来られた総隊司令官のお土産です」

「お茶の方がか。珍しいな」

総隊司令官の土産は、お菓子ではなく狭山茶《さやまちゃ》だった。航空総隊司令部は、米軍横田《よこた》基地の中にある。東京ではあるが、有り体に言って田舎だ。銘菓と言える銘菓がないのかもしれない。その点、狭山茶は某コメディアンのおかげもあって名が通っていた。

そう言うと、溝ノ口は少し考えている様子だった。

「何かございますか?」

斑尾が問いかけると、溝ノ口は、少し遠慮がちに言った。

「演習関連で忙しいと思うが、一つ調べて欲しいことがある。総隊司令官にも言われたことだ」

航空総隊司令官からのお土産と告げたことで、思い出したようだ。司令官から特命を与えられることは時折あったが、ためらっている様子が気になった。

「何でしょうか?」

「いじめ事件の処分の件だ。副官も、管理小隊長の処分内容が問題になったことは知っているだろう?」

「はい。当初、九空団司令は口頭注意とするように考えておられましたが、司令官のご指導で注意になったと認識しております」

斑尾の言葉に、溝ノ口が肯いた。

「そうだ。補職に無理があったのではないか、そうだとすれば口頭注意の方が望ましいのではないかという意見があることは、幕僚からも報告を受けていた。それでも、注意としたのだが、総隊司令官からは、処分内容には同意するがフォローはしっかりやるようにと言われた」

「管理小隊長のその後の様子を調べるということでしょうか？」

斑尾が特命の内容を問うと、溝ノ口は静かに肯いた。

「総隊司令官に言われるまでもなく、私も悩んだから気になっていた。しかし、もう演習が始まる。管理小隊長も演習対応で忙しいだろう。今調べたところで、普段と状況が違いすぎて分からないかもしれない。演習後で構わないから、状況を確認してもらいたい。人事や総務に報告させてもいいのだが、彼らに調べさせると自《おの》ずと指揮系統で確認することになる。できれば、こっそりと調べて欲しい」

こっそりと行ってきたことと、あまりにも合致していて驚いてしまった。斑尾は目をしばたたいて報告した。

「実は、管理小隊長の様子は、情報収集しておりました」

「誰かが指示したか？」

「いえ、そうではなく、私も個人的に厳しすぎる処分じゃないかと思ったので、管理小隊長が腐っていないか気になりました。それで、総隊司令官が来られたときの二次会で、九空団の副官に尋ねました。そしたら、彼も気になっていたらしく、防大つながりで確認したという内容を聞かせてもらっています」

「やれやれ。それほど心配する者が多かったか」

「はい」

斑尾は、苦笑して答えた。そして、浦河から聞いた内容を告げる。

「管理小隊長は、以前よりも頻繁に現場進出して、自分の目で小隊の状況を把握することに努めているそうです。小隊員とも積極的に直接のコミュニケーションを取っているようです。以前は、各班長を通じて小隊の掌握を図っていたようですが、それだけではダメだと考えるようになったようだとのことでした。内心の問題なので、確実とは言えませんが、雰囲気も落ち込んでいるような感じではないそうです」

「そうか。それなら良かった」

溝ノ口は、少しばかり安堵《あんど》の表情を見せていた。斑尾が抱えていた疑問を尋ねるなら、この時しかなかった。

「この件ですが、人事課の風見一尉から、司令官が『空自のためには、この方がいいと思っている』と仰《おっしゃ》っていると聞きました。最初は、いじめを防止するためには、厳しい姿勢を示すことが重要だからなのかとも思いました。その一方で、注意処分とすることで、管理小隊長にマイナスの影響が出てきてしまう可能性を、総隊司令官だけでなく、司令官自身も懸念されていたと理解しました。あえて注意処分としたのは、司令官も補本長をご存じで、補本長のご子息なら、腐ったりせず指揮官として大成すると考えられていたからでしょうか？」

そう告げると、溝ノ口は目を閉じて静かに言った。

「生天目空将のことはよく知っている。何度かいっしょに勤務させて頂いた。直接会ったことはないが、彼のご子息なら生天目空将のように、そう簡単にへこたれたりはしないと考えたのは事実だ」

まだ続きがありそうだったが、溝ノ口は、そこで言葉を切った。斑尾は、自分の疑念をぶつけてみることにする。

「しかし、そうだとしたら、生天目三尉にとっては不公平なのではないでしょうか？」

溝ノ口は何と答えるべきか思案している様子だった。

「他の可能性は思いつかなかったか？」

「他の可能性ですか⁉」

いろいろ考えてみたが、他に妥当と思える可能性は思い当たらなかった。だからこそ、こう尋ねた。しかし、この返しは、推測が不正解だということだ。

最近、溝ノ口は疑問に即座に答えてくれない機会が増えていた。もしかすると、斑尾に対する教育ということも考えているのかもしれない。正解が出せないということは、溝ノ口の求めているレベルには達していないということだ。斑尾は、それが悔しかった。

「申し訳ありません。他には思い当たりませんでした……」

そう答えると、溝ノ口は閉じていた目を開け、斑尾と視線を合わせた。幹部自衛官としての力量を推し量られているような気がして怖さを感じる。

「副官は、やはりまだ経験不足かもしれないな。いろいろと考えを巡らせてみる姿勢は良いものだが、判断をするための基準、その基準を形作る経験が足りないのだろう」

「経験不足なのは、仰るとおりだと思います。ですが、管理小隊長、生天目三尉のように知識や技能が不足のまま、多数の部下を指揮しなければならなかった経験は、司令官にもないかと思います。どのような経験が足りないのでしょう?」

悔しさもあった。だから、少しだけ溝ノ口に反論してみた。

「なるほど。確かに初級幹部時代のかなりの時間、パイロットは飛行教育を受ける。隊員を指揮するようになったのは、他特技の幹部よりも遅い。特に、曹士《そうし》の部下を持つようになったのはかなり後だ。だが、補職としての指揮官として飛行班長や飛行隊長を務める前にも、編隊長、エレメントリーダーとして、僚機のパイロットを指揮することはある。その時の責任の重さは、他特技の幹部からは計り知れないものだぞ」

斑尾は思わず息を呑んだ。

「飛行訓練での事故はベテランでも起きる。だが、やはり指揮を受ける初級の僚機パイロットが多い。彼らの事故だけの話ではないが、事故が起きれば関係する多くの者が精神的な苦しみに苛まれる。死亡事故が起きた後の飛行隊の雰囲気は最悪だ。飛行中の指揮は的確だったのか、天候など訓練実施の判断に間違いはなかったか、そもそも訓練計画に不備はなかったか、多くの者が思い悩むことになる。他特技に比べれば、時期は遅く、人数は少ない。それでも、指揮官としての苦悩が少なく済んだとは思っていない」

「すみません。軽率でした」

「副官を責めているのではない。違いはあっても、指揮について経験する機会はあるということだ」

溝ノ口は、そう前置いてから言葉を継いだ。

「話を元に戻そう。私が管理小隊長の件で気になったのは、彼がご家族に土下座をして謝罪していたということだ。生天目空将も、とても責任感の強い方だ。子息として彼の薫陶《くんとう》を受けていたなら、彼もやはり責任感の強い幹部だろうと考えた。副官も言っていたように、彼は各班長を尊重しながら小隊の掌握をしようとしていたようだ。もちろんそれは正しいことだが、少し杓子定規に過ぎたのかもしれない。同じように、杓子定規に考えるなら、小隊を指揮する小隊長として、隊員が自殺を図れば、その責任が小隊長にあると考えるだろう。にも拘《かか》わらず、口頭注意だった時に、彼自身がそれに納得できるのか。私が考えたのは、そういうことだ」

溝ノ口は、生天目自身、もっと明確に言うなら彼の精神を守るため、あえて重い処分を科すことにしたようだ。

「そういうご意図でしたか」

斑尾がそう言うと、溝ノ口は、ふっと緊張を緩めて言った。

「副官が言ったように、生天目空将の御子息なら、この程度でくじけたりしないという考えもあったがな。あの方はすごいぞ。それこそ、本当に泥水を啜《すす》ってでも這《は》い上がる人だ」

生天目空将の経歴は知らなかったが、恐らく何度も苦しい状況に陥った方なのだろう。そうした経歴を持つ方が何人かいるということは聞いていた。

「空自のため、という言葉は、管理小隊長自身を慮《おもんぱか》ってのものだったんですね」

「いろいろだ。管理小隊長の精神状態、他の隊員の目、それに指揮の重さ。だが、考えた通りになるとは限らない。今も不安だ。だから、もうしばらく気にしておいてくれ」

「分かりました。演習の後にでも、また聞いてみます！」

溝ノ口は、斑尾が考えていたよりも、もっと深いレベルで考えていたようだ。そして、その深みに達するためには、経験が足りないと言われてしまった。

「考えるだけじゃだめか……」

斑尾は、司令官室をでると呟いた。

毛足の長い絨毯《じゅうたん》を踏みしめながら考える。もちろん、考えることは必要だろう。だが、様々な経験をして、それを元に考える必要があるのだった。

＊

「ということがあったんですよ」

斑尾は、いつもどおりカウンターの指定席、入り口に近い端の席に座っていた。目の前にいるのは古都子《ことこ》だ。演習前で夜の随行もなく、副官室業務もたまたま余裕があったので、珍しく早い時間に特借に帰った。宵《よい》の口の〝ゆんた〟に食事に来たら、まだ一人の客もいなかった。唯もいないので、古都子と話しながらソーメンを入れた炒《いた》め物、ソーミンチャンプルーを頂いている。

既にいじめ事件とその処分についても報道されている。個人情報を伏せれば、古都子に話すこともできた。

相談というよりも、古都子に聞いて欲しかった。

「経験が足りないかぁ」

「当然だし、仕方ないんですけどね」

「そうねぇ。でも溝ノ口さんが若くてここにいた頃は、今の怜於奈《れおな》ぁよりも、もっと経験が足りない感じだったけどねぇ」

確かにそうなのかもしれない。溝ノ口も言う通り、彼が指揮官として経験を積んだのは、せいぜい那覇勤務の後半から、むしろ那覇を出てからが本番だったはずだ。那覇にいた頃は、操縦者として一人前になることで精一杯だったはず。

「その後で、厳しい経験を積んだからなんですかね？」

「経験もそうだけど、きっかけが大事なんじゃないかねぇ。『男子、三日会わざれば刮目《かつもく》して見よ』って言うでしょ。怜於奈ぁは女子だけど同じ。何かきっかけがあってしっかり考えて学べば、人間変わるものさぁ」

「そうかもしれませんけど、先は長いというか、高い山の頂を見つめているような気がして……」

「そうかもねぇ。でも、前の怜於奈ぁが立っていた所より、今の方が高い場所にいると思うよぉ。山の頂だけを見るんじゃあなくて、振り返って見ることも必要さぁ」

本当にそうだろうか。振り返ってみれば、確かに自分自身が変化していることは分かる。ただ、登ってきた道のりは、一合とか二合、自衛隊入隊時と比べても、せいぜい三合くらいに思えてならなかった。

そんなことを考えていると、入口のドアが開き、家族連れの客が入ってきた。沖縄では、酒も出す居食屋に子供を連れて行くことも多い。

「いらっしゃいませ」

彼らをテーブル席に案内するために、古都子がカウンターを回って出てきた。

それでも少しは登ったのかもしれない。泥水を啜るほどの経験をしていないことはラッキーなのか、アンラッキーなのか分からない。しかし、部下の自殺だけは経験したくないものだと、斑尾は改めて思った。

古都子が家族連れの対応を終えたら、ビールを出してもらおう。

第三章　副官の見つめる後ろ姿

いよいよ実働演習が始まり、那覇基地は緊張に包まれている。しかし、斑尾の勤務する南西航空方面隊司令部庁舎は、普段より少しだけ騒々しいものの、普段と大差がない。もっと正確に言えば、騒々しいのは防衛部と装備部だけで、他は通常業務と変わらなかった。防衛部と装備部から決裁や報告のためにＶＩＰを訪れる者は少なくなっているため、むしろ副官室は静かだった。

「お茶菓子は、この前もらった鶏卵素麵《けいらんそうめん》を出そうか？」

斑尾は、午後のティータイムに、福岡《ふくおか》名物の鶏卵素麵を出そうかと考えていた。演習視察のため春日《かすが》基地から来沖《らいおき》した西部航空方面隊の副司令官がおみやげで持ってきてくれたものだ。ポルトガル伝来の菓子、卵の糸という意味のフィオス・デ・オーヴォスが元で、卵黄と砂糖だけで作られている。細い糸状のお菓子なので素麵の名が付いているものの、素麵ではない。元々は麵状のものだけだったらしいが、現在のものは形のバリエーションはいろいろで、もらったものは食べやすいように固めたものだった。

「まだ保《も》つはずですが、早めの方がいいでしょうね」

顔に似合わず、守本も甘味が好きなようだ。ＶＩＰにお茶菓子を出した時は、副官室もお相伴にあずかることにしている。

斑尾が、控えめな甘さと舌の上でとろけるこくを思い出して生唾《なまつば》を飲み込んでいると、血相を変えた総務課長、西口三佐《さんさ》が飛び込んできた。普段纏《まと》っているひょうきんな雰囲気はみじんもない。

「司令官に報告だ。基地内で飛び降りると騒いでいる隊員がいる」

斑尾は、飛び上がって答えた。

「今、会計の手越《てごし》三佐が報告に入ってます」

斑尾の答えに「緊急だ」と返される。確かに、先日の自殺未遂騒ぎも尾を引いている中、再び基地内で飛び降りとなれば、問題となることは間違いない。

西口は、通常とは逆順で溝ノ口から報告するつもりのようだ。斑尾は司令官室に向かっている西口の後を追う。

「報告中失礼します」

そう言って入室した西口に続き、斑尾も司令官室に入った。緊急事態を察して、溝ノ口の正面に立っていた手越が脇《わき》に避《よ》けた。

「那覇基地内の内務班隊舎の屋上に、飛び降りると言って騒いでいる隊員がいます。先日あった飛び降り事件の隊舎とは別の隊舎です。九空団の隊員のようですが、詳細は不明です」

「分かった。確認して報告してくれ」

西口が敬礼して、退室しようと歩き出す。溝ノ口は斑尾に目を向けた。

「副官、防衛部に伝えて、演習状況を止める必要があるか確認してくれ」

「了解しました」

斑尾も敬礼して、退室する。廊下に出ると、西口が副司令官室に入るところだった。斑尾は、そのまま通り過ぎる。

「防衛部に行ってくる」

副官室に残っている三人に声をかけ、足早に廊下を移動した。高い保全が必要なエリアを区切っているセキュリティを通過し、防衛部の事務室に入った。演習の状況が動いているので運用課を中心に騒がしかった。

「部長に報告があります」

部長室に一番近い防衛課の島に声をかけ、そのまま防衛部長室の入口に立つ。司令官室と違って大きな部屋ではない。十二畳程度だ。入口で報告してもそれほど失礼にはならない。そして、何より、入口で報告すれば、背後の防衛課や運用課にも聞こえる。

「副官入ります。那覇基地内で飛び降りると騒いでいる隊員がいます。九空団の隊員のようですが、詳細不明、確認中です。司令官より、演習状況を止める必要があるか確認してくれとのことです」

「何ぃ！」

防衛部長の幸田《こうだ》一佐が立ち上がり、部長室を飛び出してくる。もう演習状況をコントロールしている運用課員が、一斉に受話器を手にしていた。

後の確認は、彼らが行うだろう。一報を届ける役目を終えた斑尾は、基地内を映したモニター画面を睨《にら》む幸田に敬礼して、防衛部を後にした。

演習のコントロールは防衛部の仕事だ。装備部も演習に関係しているものの、今情報を入れる必要性は低い。演習とは別に、自殺騒ぎとなれば、関係するのは総務課と人事課だ。

斑尾は、副官室に戻る途中で、人事課を覗《のぞ》いてみることにした。

人事課は、異動や昇任などの人事処置に関《かか》わるだけでなく、先日の飛び降り騒ぎで報告が多かったように、懲戒処分などにも関わる。今回の飛び降り騒ぎの原因は不明なものの、関係する公算が高かった。

人事課は、一室に課長の牛見《うしみ》章吾《しょうご》二佐と室員が机を並べている。

「副官入ります」

一斉に視線が集まる。牛見は、一番奥の席に座り、鼻の上にずり落ちた眼鏡の奥から斑尾を見ていた。それほど年はいっていないはずだが、妙に老けて見えた。

「飛び降りると言って、騒いでいるヤツのことか？」

既に報告が上がってきているようだ。

「はい、もう情報が入っていますか。今のところ、司令官は演習をどうするか気にされています」

「分かった。こちらから報告することが出てくれば報告する」

まだ背景としていじめなどがあったかどうかさえ分からない。今は、一報が入っていればそれで良かった。

「了解しました」

斑尾は踵《きびす》を返した。


「防衛に行っている間に、動きはあった？」

副官室に戻り、副官付の三人に呼びかける。

「総務課長は、副司令官と幕僚長《ばくりようちよう》に報告して戻りました。特に指示もなかったので、決裁や報告は止めてません」

村内の報告に肯《うなず》いて、彼らに状況を周知する。

「九空団所属らしき隊員が、那覇基地内の内務班隊舎の屋上から、飛び降りると言って騒いでいるみたい。この前飛び降りが起きたのとは別の隊舎らしい。司令官から演習状況を止める必要があるかどうか、防衛に確認するように指示を受けて伝えてきた。それから、人事にも情報が必要かと思って覗いてきたけど、先に報告が上がってきてた。もしかしたら、演習は状況中止になったり、一部の演練《えんれん》項目が除外になるかもしれない。先日の飛び降り騒ぎもあったから、余計にドタバタするかもね」

現状を知らせ、今後の動きを予想させておくことは重要だ。どうなるか分からないにせよ、覚悟ができているだけでも違ってくる。

「本当に飛び降りたら、演習中止もあるかもしれませんね」

村内も渋い顔をしていた。

「騒ぎがあったばかりだからね」

もし、先日と同じようにいじめが背景にあるなんてことになれば、またマスコミが騒ぐだろう。その対応だけでも大変だ。特に、前回に引き続き対応で前面に立たなければならない九空団司令部は大忙しになる。とても、演習どころではなくなるだろう。

九空団ほどではないだろうが、南西空司令部も忙しくなることは間違いなかった。

＊

目の前で三和三曹《さんそう》が立ち上がった。手にはマグカップを持っている。

「コーヒー淹《い》れてきます」

決裁文書用のバインダーや、入室可否を示す表示ランプが置かれているカウンターの上に、ゴトという音を立てて守本と村内が自分のマグカップを置く。斑尾も二人に倣った。三和は、ため息を吐《つ》いて四つのマグカップを持って給湯室に向かった。

彼が戻ってくるまで、守本も村内も、そして斑尾も口を開かなかった。戻ってきた三和も、無言のままコーヒーを注いだマグをそれぞれの机に置く。

「ありがと」

「みなさん、辛抱強いですね」

斑尾が礼を言うと、三和がため息を吐くようにして言った。みなさんというのは、VIP三人のことだ。

飛び降り騒ぎの第一報が総務課長からもたらされた後、人事課の風見一尉《いちい》が飛び降りると言っている隊員について報告に来た。彼が持ってきた資料に書かれていたのは、氏名所属階級などの基本的な情報と親族についてだ。斑尾も同じ資料をもらっている。

第九航空団、基地業務群本部所属の三等空曹淀橋智史《よどばしさとし》三十六歳。現在の一般曹候補生に制度が改められる前の曹候補士の出身だった。

この情報を聞いた時、斑尾は〝もしかして問題のある隊員かも〟とは思ったが、そうとも限らない。単なる憶測を頭の片隅に追いやった。

風見の次に来たのは、西口三佐だ。第一報に続き、九空団の対処状況を報告に来た。V

ＩＰの三人に報告した後に、状況を教えてもらった。今後の動きが大きく左右される可能性がある。

「基群本部の所属なんだが、上司の総括班長と反りが合わないらしくて、群司令が直接説得に行っている」

「群司令がですか？」

基地業務群司令の一等空佐がそんな動きを取ることは、斑尾には想像が付かなかった。やはり、なにがしかの事情がありそうだ。同時に、演習のことも気になる。

「今夜は、演習項目に基地防衛もありましたよね」

基地防衛の演練をする予定なのに、その担当部署の長である基地業務群司令が、騒いでいる者の説得に当たっているようでは、とても演習項目の実施ができるとは思えない。

「すぐに片付けばいいけど……無理かもしれないなぁ」

そうぼやくように言っていた西口が戻ってから十分ほど経過した後、防衛課の栗原三佐が決裁文書を持ってやってきた。溝ノ口が指示した演習に関するものだろう。幕僚長、副司令官、司令官と報告決裁を終えた栗原から、結果を聞いた。

「どうなりましたか？」

「実施中のＤＡＣＴ《ダクト》はこのまま継続。この後実施予定だった、基地防衛と再発進の演練は中止、明日以降の分は、現段階では判断保留だ」

DACTは、Dissimilar Air Combat Trainingの頭文字を取った訓練で、日本語では異機種間空戦訓練と呼ばれる。演習のために、わざわざ青森《あおもり》の三沢《みさわ》から展開したF－35と九空団のF－15の間で行われる空対空戦闘訓練だ。実働訓練の中でも、もっとも華々しい訓練だった。飛び降り騒ぎが発生した時点で開始されており、一部機体の離陸はこれからだったが、既に始まっていることからこのまま継続となった。九空団の中でも、主な関わりが飛行群だけだったから、支障も少なかったのだろう。

「日程を動かすのも無理でしたか」

斑尾が言ったのは、基地防衛訓練のことだ。栗原が苦々しげに答えをくれる。

「十五旅団の支援を受ける計画だったからな。彼らに日程を動かしてもらうのも無理がある」

斑尾も予想した通り、中止にせざるを得ないようだ。基群司令が騒動に対応していただけでなく、地上から攻撃を加えてくる対抗部隊として、陸上自衛隊の支援を受ける予定になっていた。日程を一日ずらすだけでも、彼らの予定も変えてもらわなければならなかった。

「再発進も延期ではなく中止なんですね」

「こっちは、CABとの調整が無理だ」

CABは那覇航空局（Civil Aviation Bureau）のことだ。那覇空港は官民共用で、管制権は国交省の下にあるCABが持っている。管制権が空自であれば日程変更もできたかもしれないが、国交省では無理だったのだろう。基地防衛と再発進の状況をリンクさせて実施する予定だったことも関係しているかもしれない。

本日分として予定されていた演練項目についての把握はできた。後は、明日以降のことを確認しておかなければならない。司令官による最終的な判断は保留とは言え、腹案についての指導は受けているはずだった。

「明日以降は、どうなる見込みですか？」

「飛び降りれば中止の方向で予定している。これだけだったらやれたかもしれないが、先日もあったばかりだ。司令官も、マスコミ対応を含め、強行は無理だと考えているようだ」

「分かりました。その際は、急ぎで決裁になるでしょうから、準備しておきます」

「頼む。状況によっては、特借《とっかり》に決裁文書を持って行くかもしれない。それに、時間によっては、直接文書を見てもらわずに、電話で判断を仰ぐ可能性もある」

「了解しました。対応できるよう準備しておきます。司令官の特借はご存じですか？」

「いや、住所だけでいいから教えてくれ」

斑尾は、守本が差し出してくれたメモ用紙に司令官官舎となっている特借の住所を書き込んだ。

栗原が戻ると、斑尾は三人の副官付に指示を出した。

「聞こえていたと思うけど、飛び降りてしまったら、演習は中止になるだろうから、栗原三佐の決裁は優先して対応して。それと、マスコミ対応は九空団がメインになるはずだけど、南西空が対応する必要性も出てくるかもしれない。総務の報告も増えるだろうから、それは覚えておいて」

そう言った後、懸念していることも伝えておく。

「それから、二度続いたとなると、監理監察官室にも動きがあるかも」

飛び降りが連続するとなれば、前回以上に部隊に問題があるということになるだろう。監理監察官は、部隊に構造的な問題がないかどうか検討、確認を行う部署だ。今回の騒ぎも、背景にいじめやパワハラがあったということであれば、南西空として監察を行わなければならない可能性もあるし、もっと上のレベル、総隊や空幕が監察を行うという話が出る可能性もあった。そうなれば大事《おおごと》だ。

「報告、いいかな?」

斑尾がそんなことを懸念しているところに、人事課の風見一尉がやってきた。

「もしかして、飛び降り騒ぎの追加報告ですか?」

「そう」

風見は、線が細い上に口数も少ない。冴《さ》えない風貌《ふうぼう》もあって印象は薄いのだが、この時ばかりは、彼の動きは気になった。先ほども基本的な情報について報告に来たばかりだ。今度は、飛び降りると言っている背景に関するものだろう。幕僚長室に向かった風見の背中を見送る。

嫌な予感を感じつつ、VIP三人に報告を終え、司令官室を出てきた風見を捕まえた。

「差し支えなければ、報告内容を教えてもらえませんか」

そう言うと、風見はちらりと副官室の中に視線を送った。

「こっちに来て」

風見が廊下を歩き出したのでついて行く。どうやら、斑尾には教えてくれるものの、副官付には聞かせたくない内容のようだ。足を止めた風見が振り向いた。

「飛び降りると言っている淀橋三曹だけど、いろいろと問題があって、監視のためも含めて基群本部勤務になっていた。元は業務隊所属。とりあえず、今は問題のある隊員だということを報告しただけ。詳細は、明日持ってくる」

「分かりました」

風見の後ろ姿を見送って、斑尾はため息を吐いた。

飛び降りれば演習に大きな影響がでるし、マスコミ発表もしなければならない。何より、隊員が自殺を考えるようではいたたまれない。

しかし、どうも今回は問題の方向性が違いそうだ。飛び降りなど起きて欲しくないのはもちろんのことだったが、飛び降りを思いとどまってくれたとしても、人事関係は忙しくなりそうだった。

＊

灯《あか》りに照らされた司令部庁舎の車寄せに、司令官車が静かに滑り込む。司令官が乗車していることを示す階級章を模したプレートは、既にダッシュボードの下だ。車が停車すると、斑尾は助手席のドアを開けて車を降りた。

「ありがとう」

「また迎えに行く可能性がありますよね？」

守本の問いかけに肯《うなず》いた。

「あると思う」

「じゃあ、庁舎前に置いておきます」

飛び降り騒ぎがどうなるか分からない。まだ飛び降りると言い続けているということだったので、司令官を始めとしたＶＩＰには帰宅してもらった。しかし、説得に応じず飛び降りてしまえば、再度登庁してもらう可能性もあった。すぐに迎えに出られるよう、守本は司令官車を庁舎前に止めておくという。その方がいいだろう。

「よろしく」

斑尾は、そう告げて庁舎に飛び込むと、状況の変化を確認するため、副官室に戻る前に総務課に向かった。室内に入る前から、ガヤガヤとした喧噪《けんそう》が耳に届く。

「司令官に退庁して頂きました。どうなってますか?」

普段、音を消してNNKを映しているテレビに、基地内の映像が映されていた。飛行場地区を映しているカメラを振り向け、飛び降りると言っている隊員がいる内務班隊舎の屋上を映しているようだ。那覇基地は、海側に傾斜した斜面上に多くの施設があるため、上の方に設置されたカメラは、下にある隊舎の屋上を映すことができた。

「ごくろうさまです。状況変わってないです。隊舎の縁に座ってます」

教えてくれたのは富野《とみの》三曹《さんそう》だ。彼女は、まだ若いが既に結婚している。普段であれば、課業が終了すれば早々に帰るのだが、今日はそれどころではないようだ。

「ただ、基群司令との話には応じているらしいので、今のところいきなり飛び降りる可能性は低いみたいです」

「そうなんだ。長丁場になるかもしれないね」

それなら、副官室に戻って少しでも業務をした方がいいだろう。斑尾が、そう考えていると、画面が切り替わった。飛び降りると言っている隊員がいる隊舎の近く、下から撮影した映像になった。

暗くなってきていたが、投光器も設置されているようで、屋上の縁に座る隊員のシルエットも映っていたし、周囲に集まっている野次馬の顔も確認できた。スマホで映像を撮っている者さえいる。

カメラが動かされ、下の方を映すと、地面にはマットも敷かれていた。体育訓練用のものかもしれない。飛び降りた場合に備えて、少しでもダメージを少なくするために持ってきたのだろう。しかし、移動して飛び降りられてしまえば意味はないし、隊舎は五階建てなので、気休めのようなものだろう。

「それにしても、演習項目が削減されているとは言え、こんな映像まで撮影して伝送してくれるなんて、大変でしょうに……」

斑尾が感想を呟《つぶや》くと、西口が説明してくれた。

「採証だよ」

「サイショウ……ですか？」

「証拠の採取、法務官から撮っておいた方がいいという話がでて、九空団が準備してくれた、こっちにも送ってくれたのは……ついでだな」

「説得を含めた部隊の対応を記録しておこうってことですね」

ある意味、飛び降りてしまった場合を考えての措置だと聞いて、背筋が寒くなった。しかし、必要な措置だろう。二件連続しているし、叩《たた》かれることは間違いない。

「屋上で行っている説得の状況は、撮影してないんですか？」

採証を行うなら、その方がいいのではと思いつき、聞いてみた。

「刺激になるかもしれないから、基群司令や飛び降りると言っている隊員の声を録音するだけに留《とど》めたそうだよ」

確かに、肯ける話だった。

「なるほど」

斑尾は、しばらく画面を眺めていたが、それで何が分かる訳でもない。

「副官室にいます。動きがあったら教えて下さい」

そう告げて、通常の終業業務に移る。掃除や明日の準備など、やることは多かった。

＊

斑尾が〝ゆんた〟のドアに手をかけようとすると、盛大にお腹《なか》の虫が鳴いた。普段夕食を食べる時刻を、かなり回っている。

「かっこわる」

独りごち、建付の悪いドアを開けた。店は以前の賑《にぎ》わいを取り戻している。それでも、幸いなことに斑尾の指定席である入口に近いカウンター席は空いていた。

「いらっしゃい。お疲れだね」

カウンターの奥から、唯がおしぼりを持って出てきてくれた。

「まあね。気疲れだから、どうってことないけど」

そう答えると、唯が声を潜めて耳打ちしてくる。

「聞いたよ。また飛び降り騒ぎだったんでしょ。説得を聞き入れて、思いとどまったって聞いたけど」

「何でそこまで知ってるのよ」

斑尾は、淀橋三曹が基群司令の説得に応じて飛び降りを止《や》めたと聞き、最低限の処置をして帰宅した。そして、すぐに着替えて〝ゆんた〟に来ていた。

「そりゃ知ってるよ。ゴシップがこんな基地の間近にある店に届く速さなんて、レーシングカー並なんだから」

広まって欲しい情報ではないが、秘匿するような話でもない。野次馬の隊員が、スマホで撮影していたくらいだ。映像はともかくとして、事実はリアルタイムで広まっていたのだろう。

「で、今度は何だったの？　やっぱりいじめ？」

唯が隣に陣取り、更に耳を寄せてきた。斑尾は、意識的に眉根《まゆね》を寄せて言う。

「それより注文！　今日は、何があるの？」

特別メニューがあることも多い。ママである古都子の気分次第なので必ずではないものの、斑尾のような常連でも飽きさせないように何某《なにがし》かは出してくれる。

「今日は、イカスミ汁だね」

イカスミ汁は、その名の通り、イカスミが入った真っ黒な煮込み料理だ。イカの他、豚肉や野菜を煮込んだ上で、イカスミで味付けされている。コクのある料理だった。

美味《おい》しいのだが難点もある。斑尾は、着替えてきたばかりのTシャツを見下ろした。バックプリントの白Tシャツだ。イカスミが飛び散ったら目も当てられない。

「私のエプロンを貸したげるよ」

斑尾の悩みは、唯の一言で吹き飛んだ。煮込み料理なので、すぐに出してもらえるのもありがたかった。

「はい、クリのお汁」

古都子は、小ぶりなどんぶりを手にしていた。真っ黒な汁からイカゲソが飛び出している。

「クリって、イカスミのことですか？」

「そう。沖縄ではクリって言うのよ」

唯からエプロンを借りて身につけ、飛び散らないよう慎重に食べる。コクがありながらもマイルドな味が、空の胃に染み渡った。お腹は、ご飯を口にして、やっと落ち着いてきた。

「で、どうなの？」

隣の席に腰掛けた唯が耳元でささやいた。斑尾は、ため息を吐いて言った。

「まだ何にも分からないよ。不満があったのは確からしいけど、私が知っているのは、それを調べて対応するって約束したから、飛び降りるのを止めたってことだけ」

人事課の風見一尉が言っていた情報、淀橋が問題のある隊員らしいという話は、当然口にできなかった。そもそも、斑尾も細部は知らない。今頃、風見が報告用資料をまとめているところだろう。

「そっか。じゃあ、まだ尾を引きそうなんだね」

唯の言う通りだった。再度飛び降り騒ぎを起こす可能性があるというだけではない。もともと問題のある隊員として、特別な配置に就けられていた。前回のいじめのような、周囲に問題があった状況とは違う可能性が高い。

イカスミ汁で空腹が落ち着くと、明日からの動きが頭に浮かび、むしろ、気が滅入ってきた。

「唯、泡盛《あわもり》を水割りで」

「明日も仕事でしょ？　薄めでいいんだよね」

そう言いながら、斑尾が入れていたボトルを開けてくれる。

「……普通にして」

一瞬固まっていたが、唯は何も言わずに琉球ガラスのグラスに泡盛を注いでくれた。

〝簡単に片付いてはくれないだろうな〟

斑尾は、ゆらめく液体を見ながら、心の中だけで呟いた。

＊

翌日、飛び降り騒ぎの報告に総務課や人事課、あるいは監理監察官室から報告があるだろうと斑尾が予想していると、登庁早々、溝ノ口を迎えに行くよりも前に、予想外の所から電話が入った。

「副官、九空団の副官、浦河二尉から電話です」

斑尾が電話をとると、受話器から堅い声が響いた。

「おはようございます。九空団司令副官、浦河二尉です」

「おはよう。昨日の飛び降り未遂騒ぎの件ですか？」

「はい。その件で団司令が司令官に直接報告をしたいとのことです。時間を取って頂きたいのですが」

「分かりました。演習中なので、調整して連絡します」

そう答え、浦河から九空団側の要望を聞いた。副司令官と幕僚長、それに総務部長に人事課長も同席の上、所要時間三〇分ほどで報告をしたいとのことだった。

ＶＩＰの予定は掌握しているが、総務部長や人事課長の予定は承知していない。もちろん優先してもらえるはずなので、総務課の西口と人事課の風見に確認とお願いをした上で、防衛課の栗原三佐と運用課の忍谷《しのや》三佐にも電話する。

「今日の船舶・艦船護衛は、海自にも協力してもらっている。途中で状況を止めるのはまずいが、特に問題が生じない限り、司令官や副司令官、幕僚長にご指導頂く必要はない。緊急事態が発生すれば報告するので、演習状況を気にしてもらわなくて大丈夫だ」

忍谷の答えを受け、登庁した溝ノ口に確認し、一〇時からの報告をセットした。これでも最優先だった。

その後も結構忙しい。基地内で移動してくるだけの九空団司令が早く着きすぎることはないはずだったが、それでも五分程度は早まる可能性がある。少し余裕を見て人事課長の牛見二佐と総務部長の藍田《あいだ》一佐には、九時四五分に声をかけて副官室で待機してもらった。同時に、ＶＩＰ三名への報告や決裁はストップさせて九空団司令の来訪に備える。

「来ました」

窓から九空団司令車が車寄せに入ってくることを確認した三和の報告を聞き、斑尾は副官室の前に出て九空団司令を待つ。待機してもらっている牛見と藍田には、先に声をかけておく。

「九空団司令を司令官室に案内したら、すぐに副司令官と幕僚長を案内します。総務部長と人事課長は、幕僚長に続いて入ってください」

序列や緊急性を考え、VIPの動きをコントロールする。最近になって、やっとさほど迷うことなく指示を出せるようになった。副官付の三人には、先に役割を振ってある。三和が報告した車の確認もその一つだ。

入室の際はドタバタするが、溝ノ口からお茶の準備は不要だと言われたので、報告が長引いた場合に備えるだけで、事前の準備事項は多くない。むしろ、副官付には、九空団の副官の相手をするよう指示した。

廊下を歩く九空団司令、若杉将補が、一〇メートルほどの距離まで来たところで敬礼する。

「お待ちしておりました。司令官室にどうぞ」

そう告げて、団司令の先導を浦河から引き継ぎ、司令官室に案内する。若杉は、今までにも何度か報告に訪れているので司令官室の位置も知っている。形だけだ。

「九空団司令が報告に来られました」

溝ノ口に声をかけて、若杉を司令官室に入れると、急いでとって返し、目黒を案内する。彼の後ろに馬橋、藍田、それに牛見が続いて入室すると、開け放たれていることの多いドアを静かに閉めた。

これで初動の動きは終わりだったが、重要な案件なので、ここからも緊張は解けないし、浦河から情報収集することも必要だった。

「お疲れ様です」

副官室に戻り、浦河に声をかける。

「お騒がせしてすみません」

騒ぎを起こしたのは九空団の隊員であって浦河ではない。それでも彼は頭を下げた。彼には、村内がコーヒーを出している。疲れた顔をしていた。今朝も忙しかっただろうし、昨日はなおさらだったろう。

「昨日は、何時に帰れました？」

そう問いかけると、浦河は肩をすくめた。

「ＶＩＰは、昨日のうちに帰ってもらいました。私も一時前には帰りました」

予想はしていたが、やはり午前様だったようだ。

「監理部と人事部の主要メンバーは徹夜だったみたいです」

方面隊司令部と航空団司令部では、各部課の編制が微妙に異なっている。防衛部と装備部はほぼ同じだが、航空団ではそれ以外の二部が、監理部と人事部となっている。

航空団の人事部は、方面隊司令部の人事課がカウンターパートで、監理部は人事以外の各課と法務官、それに監察官室業務の一部をカウンターパートにしている。方面隊司令部よりも現場に近く、人事の実務が多いのだ。

渉外、広報関係では監理部が、飛び降りると言っていた淀橋が問題のある隊員だったことで人事部が、双方共に大変だったようだ。今頃、風見一尉には詳しい情報がもたらされているはずだ。九空団ほどではないにせよ、今夜の風見の運命かもしれなかった。

浦河は、コーヒーカップを置いて資料を差し出してきた。

「今、団司令が報告している内容です。取り扱いには注意をお願いします」

こうした資料は、いわゆる秘区分が付与されておらず、正式な意味での秘文書ではないケースが多い。しかし、なまじな秘文書よりも余程秘匿を要することが多かった。今回のものもそうだろう。浦河が差し出した資料は一部だけ。斑尾以外には、副官付にも見せない方が良いものだということだ。彼らもそれはわきまえている。意図して斑尾の方に視線を向けないようにして、それぞれ自分の仕事を始めた。斑尾は、口を閉ざして資料に目を落とす。

淀橋智史《よどばしさとし》三等空曹は、曹候補士として航空自衛隊に入隊していた。

過去に存在していた曹候補士制度は、やはり過去の制度であった一般曹候補学生制度と統合され、現在では一般曹候補生に改められている。名前が似通っていてややこしいが、曹候補士と現在の一般曹候補生の一番の違いは、空士から三等空曹への昇任が確約されているかどうかだ。

旧制度の曹候補士では、三曹への昇任試験に落ち続けても七年経過すれば自動的に昇任できることになっていた。当然、中には真面目に努力をしない者もいる。そのため、昇任には試験に合格する必要がある現在の一般曹候補生制度に改められた。

淀橋が曹候補士出身だと聞いた際、斑尾が〝もしかして問題のある隊員かも〟と考えたのは、曹候補士制度にはこの問題があったためだ。どうやら、その良くない予想が当たりだったらしい。

淀橋も、最初は真面目に勤務していたようだ。しかし、何がきっかけだったのかは分からないが、途中から努力を放《ほう》り出してしまった。ちょうど、制度が一般曹候補生に改められ、新たに入隊してきた者が昇任のための努力を怠らなかったこともあり、淀橋は七年経過する途中で昇任試験に合格することはなかった。七年経過で空士長から三曹に自動昇任する頃には、完全に腐ってしまっていたらしい。

真面目に勤務しないだけでなく、業務をサボったり、体力練成にも力を入れないため、体力測定でも定められた基準にほど遠い結果を出していた。

「腕立て一回、三〇〇〇メートル二十一分？」

斑尾が呆《あき》れて呟くと浦河が言った。

「測定に参加させるだけでも一苦労だったらしいです」

当然、当時所属していた業務隊では厳しく指導したらしい。しかし、改善する様子はなかった。むしろ反抗的な姿勢を見せた。しかし、無断欠勤など決定的な反抗ではなく、入隊したばかりの空士でもこなせる業務を命じてもなかなか終わらないなど、のらりくらりとした反抗をしたらしい。掃除や草刈りを命じても、やっているとは言うものの一向に終わらない状態だったようだ。

一般には、自衛隊では命令が絶対とされ、不服従などもっての外《ほか》と思われているだろう。もちろんその通りなのだが、一方で、淀橋のような態度を取られた場合に、容易に処罰することもできなかった。

自衛隊では、旧日本軍であったような営倉入りといった措置を取ることは許されていない。旧日本軍であったようないじめ体質が批判されたため、そうした制度が厳しく禁じられたためだ。

精々が、外出許可を出さず、基地内から出られないようにするくらいしかできなかった。それが応《こた》えることがなく、内務班で無為に時間を過ごす淀橋には指導のしようがなかったようだ。

幸いにして、斑尾はそうした困った隊員を部下に持ったことはない。それでも、幹部候補生学校で同期だった幹部自衛官から、そうした事例を耳にしたことはあった。しかし、淀橋ほど酷《ひど》いケースは聞いたことがなかった。

上司である小隊長や業務隊長は、苦労しつつも手をこまねいていたと言える。その一方で、団体行動を良しとする自衛隊において、淀橋の同僚である空曹士自衛官は、手をこまねくということはない。実力行使に出た。よく言えばケンカ。悪く言えば集団リンチによるいじめだった。いじめ体質を改善するための制度が、逆にいじめを生む結果となっていた。

淀橋のようなサボり体質の者がいれば、その負担は他の者にのし掛かる。特に、体を動かすことが必要な現場での作業では、それははっきりと目に見える。

彼の先輩にとってだけでなく、彼の後輩にとっても、共に動こうとはしない淀橋は、攻撃の対象だった。

当時の彼の上司だった小隊長は、指導に業を煮やしていたこともあり、これに見て見ぬ振りをした。淀橋本人は、いじめだとして小隊長に訴え出たが、逆に「お前がやるべきことをやらないからだろう」と言ったようだ。これによって、態度を改めてくれることを期待したらしい。

しかし、淀橋は変わらなかった。

「いじめを受けた！」

「自衛隊が悪い！」

「小隊長がいじめを仕向けた！」

よりいっそう不真面目になった。そして、それに比例するようにして、同僚隊員によるいじめも悪化する。

報告を受けた業務隊長、そして基群司令は、配置転換によって態度が改められることを期待して、彼を基群本部付きとした。しかし、これは建前だった。本音でないとは言えなかったが、本音としては、もう彼は諦《あきら》められていた。いや、見捨てられていた。もっと正確に言えば、これ以上問題が大きくならないようにするため、いじめが拡大しないよう隔離された。

本部と名の付くような指揮官に近い部署は、当然ながら構成メンバーの年齢も高く、指揮官が明確に口に出せない意図も汲《く》んで動くことができる。淀橋が隔離のために本部付になったことを汲んでいるから、本部の隊員は、極力彼には関わらないようにしていた。

もう一つの本音は、淀橋の行動を監視することにあった。もちろん、指導は続けるのだが、もう指導で彼が行動を改めてくれることは期待されていなかった。要は、もうどうしようもない者と判断されたことになる。

基本的にデスクワークである基群本部の仕事では、現場で体を動かす仕事と異なり、席を離れて休憩していることはすぐに分かる。机について仕事をする振りをしながらサボることは可能だったが、それはサボっている者にとっても苦痛でしかない。離席してサボっていれば、その事実は周囲の者にも明確に確認できた。

そして、それを記録する。

もう態度を改善させることは諦めているにも拘《かか》わらず、行動を記録する目的は、分限《ぶんげん》のためとされていた。

分限、聞いた記憶はあるような気はしたが、何だったのか思い出せない。報告書を追っていた斑尾の指がその言葉で止まる。

「自衛隊法の四二条から五一条が根拠です。重要なのは四二条。細部を定めた『隊員の分限、服務等に関する訓令』もありますが、ほとんど見る必要はありません。私も知りませんでした」

斑尾の手元を見ていた浦河が耳打ちしてくれる。見上げると、彼も苦笑いしていた。それくらい、幹部自衛官として勤務していても耳にすることが乏しい規則類だった。

斑尾は、机の隅に一応は常備してある防衛実務小六法を手に取った。自衛隊法の四二条をチェックする。

(身分保障)
第42条
隊員は、懲戒処分による場合及び次の各号のいずれかに該当する場合を除き、その意に反して、降任され、又は免職されることがない。
一　人事評価又は勤務の状況を示す事実に照らして、勤務実績がよくない場合
二　心身の故障のため、職務の遂行に支障があり、又はこれに堪《た》えない場合
三　前二号に規定する場合のほか、その職務に必要な適格性を欠く場合
四　組織、編成若《も》しくは定員の改廃又は予算の減少により、廃職又は過員を生じた場合

隊法の四二条は、かなりわかり難《にく》い書き方ながら、分限処分によって降任あるいは免職されるケースを記していた。斑尾は、幹部候補生学校で教えられた事を思い出す。

分限は、隊員にふさわしくない者に適用される規定だ。ただし、隊員を処罰する懲戒処分とは異なり、隊員に悪意があるとは限らない場合に適用される。

民間企業では、仕事ができないためクビになったり、窓際に追いやられるケースはあるだろう。だが、自衛隊だけでなく、もっと広い範囲、つまり官公庁における分限処分は、レベルが違った。

民間では、当然クビになるレベルであっても、官公庁ではそう簡単にクビにすることができない。不当処分だとしてマスコミから叩かれるからだ。国民の税金を無駄遣いしている状態だったが、それをさせているのは、〝国民〟の代弁者だった。

淀橋は、基群本部への異動と同時に、分限処分を想定した監視下に置かれたことになる。

いくら指導しても改善の兆しが見られないのだから致し方なかった。

それは斑尾にも納得できた。しかし、報告を見た斑尾が驚いた、いや納得できなかったのは、その日付だった。

「五年前？」

淀橋がさじを投げられ、基群本部で分限処分のための監視下に置かれてから、五年もの月日が経過していたのだった。

浦河を見上げても、苦笑いしているだけだった。

報告書には、九空団の監理部がまとめた分限処分についての解説も書かれていた。そのぐらいの記録、言い方を変えれば、証拠を集めなければ分限処分は適用できないようだった。

もっと正確に言えば、分限として処分することはできたが、裁判を起こされた場合、自衛隊、裁判の被告としては〝国〟が、負ける可能性があるらしい。

参考として、非常に難解な文書の解説が書かれていた。その難解な文書は『分限処分実施要綱について』という通達だ。元々の文書は、一九五八年に制定されている。長らく改正されていなかったが、分限処分があまりにも使い難い制度であったため、令和に入ってから改正されている。これは、防衛省としての動きではなく、官公庁全体でのものだ。

その内容をものすごく大ざっぱに言えば、勤務成績が不良であることを一年半ほど記録すれば、分限処分を科すことができることになっていた。ただし、様々な但し書き、言い方を変えれば抜け道が残されており、結果的に裁判になる可能性が強く残っている。そうなると、裁判を恐れて、なかなか分限に踏み切れないようだった。実態は、それほど変わっていないらしい。

報告を読み、斑尾は、頭がくらくらしてきた。

「団司令が来たのが納得できたよ」

今、司令官室ではこの内容を詳しく報告しているのだろう。三〇分の予定だったが、果たして足りるのだろうかと思った。しかし、報告を聞いているのは斑尾ではない。VIPや総務部長、それに担当である人事課長が分限処分について報告を受けるのは、初めてではないはずだ。

斑尾は、一旦《いったん》心を落ち着け、再び報告書に思考を戻す。しかし、報告はこれで終わっていた。

今までの自衛隊勤務で、斑尾自身も報告の方法、報告書の書き方については何度も指導を受けた。そして、副官となってからは、斑尾よりも経験を積んだ幕僚が書いた多くの報告を目にしてきた。

自衛隊における報告では、状況を正確に記しているだけではダメなのだ。それでは必要な報告の半分でしかない。その状況に対して、どうするつもりであるのかを含めることが必須《ひっす》だった。

その意味では、斑尾が目にしている淀橋についての報告は、不十分だった。半分でさえなかった。斑尾の指先を追い、斑尾が最後まで読んだことを確認した浦河が口を開く。

「この報告は、いままでの経緯報告です。昨日の飛び降り騒ぎについての詳細は、まだ把握しきれていません。昨日の今日なので、飛び降り騒ぎを起こした細かい理由については、彼が落ち着くのを待って本日以降に聞き取り調査を進めることになっています」

今回の報告は、詳細報告に時間を要することを説明するためだったと言って良かった。これだけ重い背景のある隊員について、聞き取りを実施し、詳細を報告するためにはある程度の時間を要することが容易に想像できた。その時間を納得してもらうための報告だったのだ。

「かなり時間がかかりそうですね。演習の方が、よほど先に終わりそう」

斑尾の呟きに、浦河が苦い顔をして肯いた。

＊

予想通り、飛び降り騒ぎよりも先に演習が終了した。騒ぎこそ大きかったものの、実際に飛び降りてはいないため、外部に広報は行っていない。

それでも、人の口に戸は立てられない。騒ぎがあったことを聞きつけたマスコミ数社から取材依頼があった。対応は九空団が行うが、やはり影響が大きいため方面隊司令部でも、それを指導することになる。担当の渉外広報班長水畑《みずはた》一尉が、九空団が取材を断る方針でいることを報告していた。

その一方、この件自体の処理は、分限を視野に監視が行われていたこともあり、人事課の担当範囲だった。九空団司令も、報告に来た時に、以後の報告は人事ラインで行うと言っていたそうだ。

結果、今まで以上に、人事課の風見一尉の顔を見る機会が増えていた。

「副官」

司令官報告を終えた風見が、斑尾に声をかけて廊下の先に消えてゆく。最初の報告の時と同様に、斑尾には報告内容を教えてくれるものの、副官付にすら伏せるつもりのようだった。足早に後を追う。

「淀橋三曹本人、周囲の者を含め、今回の騒ぎに関する聞き取り調査が終了したよ」

普通であれば、解決に向けた良い情報のはずだ。しかし、風見の顔は晴れ晴れと言うにはほど遠い。彼は重苦しい雰囲気のまま、再び口を開いた。

「予想された通りだけど、淀橋三曹の主張と周囲の供述には隔たりが大きい。彼が言うには、演習準備で忙しくなったことから、基群本部の他の隊員のフォローが足りなくなったそうだ。で業務を回せなくなった……と言っていた」

「彼は、何を担当してたんですか？」

「仕事はいくつか割り当てられていたんだが、彼が大変だと言っていたのは喫食申請だよ。淀橋三曹が言うには『忙しすぎて無理だから、以前のものをコピーして出した』ってことらしい。一方で、喫食数をカウントしていた給養が、無断喫食があると報告していた。各人は申し出ていたにも拘わらず、少ない喫食数が上げられていたんだから当然だ」

基地の食堂では、基地外に居住する自衛官でも食べることができる。恐らく、演習前で忙しくなったことから、基地の食堂で食べる営外者が増えていたのだろう。ただし、その場合は有料だし、事前に申請が必要だ。申請することなしに食べる無断喫食者がいれば、用意した配食数では足りなくなる。結果、本来食べる権利のある営内者が、食事にありつけない事態が発生する。

意図的に無断喫食を行っている者は、国家予算を横領していることと同じだ。それによって懲戒処分が科されるケースもある。もっとも、大抵は逆に食事が余ることの方が多い。基地外に出て外食する営内者が多いからだ。給養係が普段から喫食数をカウントしているのも、残飯を減らすことが目的だ。

「え？　彼は基地全体の喫食をとりまとめてたんですか？　直接給養に申請が行くのかと思ってました」

「いや、とりまとめてなんかいないよ。基群本部の分だけだ」

「基群本部だけ？　だって、本部なんて大した人数いませんよね。基群全体の分をまとめたのでもなく、本当に基群本部分だけ？」

斑尾が驚いて尋ねても、風見は肯いた。

「普段から、その程度の仕事しかしていなかったってことだよ」

斑尾は、絶句してしまった。喫食申請は、誰《だれ》が、いつ食事を食べるのか、各人が丸印を付けた表をカウントして、数字に直し、それを給養に提出する仕事だ。数え間違えをしないよう慎重に作業する必要はあるものの、内容自体は、やり方を教えれば小学生でもできる仕事だった。

人数が多ければ、それなりに大変だろう。しかし、基地業務群本部だけなら、細かく数える必要のある営外者は二〇人くらいではないだろうか。演習前で忙しかったことで、普段よりも喫食者は多かったかもしれないが、所属人員の年齢層が高い基群本部では、恒常的に食事をする営内者も少なかったはずだ。総数は四〇人に満たないと思われた。

「知的障害……とかじゃないんですよね？」

一応尋ねてみた。他にも仕事は割り振られていたというが、メインの業務がそれだけなんて、考えられなかった。

「曹候補士に合格しているんだよ。そんな訳あるかって」

「そうですよね」

「でだ、当然周囲の者からすれば、そもそも大した仕事をさせていないんだから『忙しすぎて無理』なんてことはない、ってことになる。その上、無断喫食のおかげでメシが足りないって騒ぎになった時に、たまたま被害にあった営内者が基群本部にもいたらしい」

「あ〜」

斑尾は、思わず声を上げた。メシの恨みは恐ろしい。用意していた食事が足りないとなれば、給養は代わりの食事を出してくれただろう。しかし、急に用意できるはずはない。カップラーメンや保存可能なパンになる。

「無断喫食が多いのは基群本部だってことは、実食数をカウントしているから分かる。食べ損ねた営内者が調べたら、淀橋三曹がちゃんと業務をやっていなかったことが分かった。で、吊《つ》るし上げた」

無断喫食者のおかげで、まともなメシにありつけなかった。その原因が自分の部隊である基群本部に居たとなれば、ヒートアップすることも肯けた。

「淀橋三曹は、それをいじめだと言っているんですか？」

「そういうことだよ」

「殴ったりしていたんでしょうか？」

「殴ってはいない。ただ、五人で取り囲み、胸ぐらを摑《つか》んで文句を言ったようだ。理由はともあれ、やられた方が恐怖を感じたことは否定できないな」

斑尾は、その情景を想像した。人気《ひとけ》のない場所に呼び出して詰め寄ったのだろう。喫食できなかった営内者が中心のようなので、淀橋よりも年下もいたに違いない。それが、尚《なお》のこと、淀橋のプライドを傷つけた可能性もありそうだ。

そもそもの非は間違いなく淀橋にある。そのことを含め、問題はいじめと呼ぶべきなのかどうかだ。とは言え、その情景だけを見たら、確かに、いじめと言わざるをえない状況があったようだ。

「これから、どうなるんでしょうか？」

斑尾のけして長くはない自衛官経験では、想像のできない事態だった。

「とりあえずは、九空団司令がどう判断するかによるよ。いじめを行ったとされた側は、五人で詰め寄ったとは言え、殴ってもいない。淀橋三曹を非難する理由もある。精々が注意。それでも重すぎると思う。口頭注意だろうな」

風見は、そう言って大きく息を吐いた。そして、黒縁メガネの奥、床に落としている視線を厳しくして続けた。

「問題は淀橋三曹の方だ。元々、分限処分も視野に入れて監視してきた。今回の騒ぎでは、演習の一部項目を中止までしている。できれば、今回の騒動を機に処分したいところだけど、〝いじめ〟に関しては被害者だ。被害を受けたのに処分されたとなれば、審査請求を起こす可能性も高い」

「審査請求……」

　斑尾の知らない言葉だった。察した風見が説明してくれる。

「隊員が分限や懲戒処分を受けた際に、処分の撤回を求めるための措置だよ。他の公務員については行政不服審査法に根拠があるけど、自衛官の場合は自衛隊法が根拠になる」

「あ、行政不服審査なら聞いたことがあります。裁判とは違うんですね」

「裁判は、その後だよ」

「え、その後？　もしかして、審査請求で処分の撤回を求めてダメだったら、裁判があるってことですか？」

　風見は無言で肯いた。

「裁判は……三回あるんですよね？」

「最高裁まで行けばね」

　気の遠くなるような話だった。簡単な業務でさえまともにこなすことのできない隊員を、腫《は》れ物のように扱わなければならないという事実に絶句する。

「ただ、淀橋三曹を処分するとなれば、理由はいじめうんぬんではなく、命じられていた業務を行っていなかったことが理由になる。最近では、本人の無断喫食には、かなり重い処分を科すようにもなった」

　斑尾は肯いた。度重なる無断喫食を行っていた隊員が、処分の中でも最も重い、懲戒免職処分を受けたケースがニュースにもなっている。

「淀橋三曹の場合は、本人の無断喫食ではないものの、国に損害を与えたという点では同じだ。それに、ろくに仕事をしない隊員を抱えているというのは周辺にいる隊員の士気に与える影響も多い。いい加減、処分したいというのが基群司令の本音だそうだ。分限処分実施要綱に示されている期間はとっくに過ぎている。制度上では可能なはずなんだ」

それはそうだろう。しかし、審査請求に加えて裁判もあり得るとなれば、難しい判断を下さなければならない。

「大変ですね……」

斑尾は、肯いた風見とともにため息を吐いた。

＊

風見が聞き取り調査完了の報告をしてから一週間ほど経過した。再び、報告に来た風見が、報告を終え手招きしている。

「行ってくる」

斑尾は、静かに立ち上がり、廊下の先にいる風見の所まで足早に歩いた。

「まだ九空団の処置は決定されていない。今日も経過報告に来ただけだ」

彼は、声を潜めて続けた。

「淀橋三曹に詰め寄った連中への処置は口頭注意の方針だけど、発表することが淀橋三曹に影響を与えるかもしれないため決定は保留されている。問題は、やはり淀橋三曹の方だ」

斑尾は、予想通りの言葉に肯いた。しかし、何が問題になっているのかは想像が付かない。

「一般でも、いじめが原因の飛び降り騒ぎがあれば、いじめへの対策とは別に、心療内科や精神科の受診を勧めるだろう。うつ病だったりすれば治療が必要だ。だから、九空団は淀橋三曹に受診を勧めた。しかし、彼はそれに従わなかった。と言っても、これは今に始まったことではなく、今までも指導の中で受診を勧めても従わなかったそうなので、予想されていたこと。だから、今回、九空団は受診を命じた」

「命令……まさか紙でですか？」

あまり聞かない話だが、自衛隊の任務や性格を考えれば、命令を出すこともおかしくはない。考えてみれば、斑尾自身も「衛生隊に行ってきなさい」と言ったことはあった。命令という感覚ではないだけだった。

しかし、風見の話はそうしたケースとは違いそうだ。斑尾が口にした「衛生隊に行ってきなさい」は、受診を勧めた、の部分にあたるはずだ。

「個命を出した」

予想どおりではあるものの、斑尾は言葉を失った。個別命令、略して個命は、自衛隊が人事発令などを各隊員に対して行う際に出す命令だ。個命で受診を命じるなど、聞いたことがない。

「それで、受診したんですか？」

斑尾が気を取り直して先を尋ねると、風見は首を振った。

「行ってない」

驚かされることばかりだった。

「それは、もう抗命《こうめい》ですよね？」

命令に抗《あらが》うことは、自衛隊の基本原則に反することだ。それによって処分することもできるはずだが、それでも命令を拒否する理由が分からなかった。

「そう。ただ、職務上の命令ではあるものの、職務を命じたものではないから、これで懲戒をするとなると、審査請求や裁判となった場合に少し弱い」

「確かに、何となく理解できます」

「淀橋三曹は、単に意固地になっている可能性もある。『頭がおかしいって言うんですか？』なんて言っているそうだ」

それも想像できる話だった。しかし、風見は別の可能性を口にした。

「しかし、九空団は、彼が休職を命じられることを警戒しているんじゃないかと言っている」

「休職……を自分から求めるのではなく、命じられる……ですか？」

大きな怪我《けが》や病気をすれば、有給休暇を使うのではなく休職せざるを得なくなることはある。しかし、自衛隊の方から休職を命じるということは、聞いたことがなかった。

「形式的には、自発的に休職を求めた場合も命令になる。希望どおりだからそれを意識しないだけだよ。違いは、意図せずに命じられるかどうかかな」

「なるほど」

斑尾が肯くと、風見は話を先に進めた。

「休職を警戒しているということについては、課長も同意だ。私もそう思う」

「休職について聞く機会がほとんどないのですが、休暇と違って給与は出ないですよね？」

「自衛官としての身分は失わないものの、職務に服することができない状態ということになる。それでも一年間は、八〇パーセント支給される。恐らく、実家に戻ることになるだろうな。自衛官の身分を失わないから、バイトをすれば兼業禁止規定にひっかかる。考え方によっては免職よりも厳しいかもしれない」

「そこはどうなんでしょう……」

とは言え、淀橋はろくに仕事をせず、自衛隊に迷惑をかけ続けている。衣食住をまかなってもらうだけでなく、何もせずに給与までせしめている状態に近い。彼は恐らく自衛隊に恨みを抱いているのだろう。それを考えると、免職以上に休職を避けようとしている可能性は、確かに理解できた。

そして、これを理解したことで、斑尾は一つの考えに思い至った。

「もしかして、九空団は休職を命じるつもりだったんですか？」

しかし、それには風見が首を振る。

「休職を命じるためには、医官が職務に服することが無理だと診断しなければならない。彼は、そんな病的……まあ、やっていることは十分病的だけど、病的な精神状態には見えないんだ。九空団はそこまで意図してはいないよ。ただ、淀橋本人は、自衛隊に懐疑的だろう。休職に追い込むつもりで受診を命じたと思っているかもしれない」

斑尾は淀橋の精神状態が想像できるようになってきた。周囲の隊員だけでなく、自衛隊という組織が、自分を攻撃していると強迫観念を持っているのかもしれなかった。

「それに……」

思考の海に沈んでいた斑尾を、風見の低めた声が引き上げる。

「もしかすると、受診の拒否は、分限や懲戒処分を牽制《けんせい》するためかもしれない」

「どういうことですか？」

斑尾には、意味が分からなかった。

「淀橋三曹本人も、部隊が処分、それも分限や懲戒を視野に入れていることは分かっているかもしれない。というか、多分分かっている。外部の者を含め、入れ知恵している者がいる可能性もある」

「そうですね」

「でだ、この状態で分限や懲戒処分になり、後で彼が医師の診断を受け、精神的に問題を抱えていたということになれば、それを理由に、彼は処分が不当だったと主張することができる」

「そんな……本人が受診を拒否してもですか？」

「だとしても、だよ」

もう、斑尾にはどうすることが正解なのかさっぱり分からなかった。頭を切り換えて尋ねる。

「現時点での経過はこれだけですか？」

風見は肯いて答えた。

「受診を拒否されてしまったので、九空団はやはり分限処分の方向で進めたいと考えているようだ。ただ、分限を使うとなると、過去に分限処分が行われたケースを考えても、やはり審査請求、裁判となる可能性が高い。形式的には九空団司令に処分決定の権限があるんだけど、裁判となれば被告は国だ。報告の上、南西空司令官、総隊司令官、空幕長、防衛大臣、この四人が了承しなければ分限処分はできない、と思う。裁判も想定しての報告になるから、分限で進めるとしたら、今後の報告では法務官にも入ってもらうことになるはず」

「空幕長に防衛大臣ですか」

斑尾は改めておののく。とてつもなく大きな話になってきてしまった。

「それだけ分限処分は難しいんだ」

「分かりました」

斑尾は、廊下の先に歩き去った風見の後ろ姿を見送る。

「難しい話ばっかりだ……」

＊

風見の話を聞いてから、斑尾は分限について勉強を始めていた。九空団が、分限処分、更に言えば分限による免職を下す方向で考えているのなら、さほど時を置かずに報告が上がってくるだろう。

風見が淡々とＶＩＰに報告、決裁を受けることにはならないと予想できた。再び九空団司令が直接報告に訪れるかもしれない。司令部の幕僚だけだとしても、ＶＩＰ三人に総務部長と法務官を交え、人事課長が報告することになるかもしれなかった。

動きを予測し、必要な対応を取るためには、斑尾も相応の知識を仕入れておく必要がある。

自衛隊法、防衛省設置法の二つの法律を手始めに、自衛隊法施行令、防衛省設置法施行令、防衛省設置法施行規則といった政令省令をチェックした。その上で、一般には公開されていない自衛隊内の規則類も確認する。

自衛隊はお役所だ。法律と規則で動いている。だから、それまで携わったことがない業務でも、一通りの法律、規則を調べれば、普通は概要を捉《とら》えることができる。しかし、分限についてはさっぱりだった。

「風見一尉、分限について一通りの法や規則類を調べたんですけど、よく分からなくて。何か勉強に役立つ資料はありませんか？」

人事課に行って、風見を頼ってみた。

「分限だけでなく、懲戒に関しても調べてみた？」

「はい。関係がありそうでしたし、項目としても並んでましたから」

分限については、自衛隊法の第四二条に『隊員は、懲戒処分による場合及び次の各号のいずれかに該当する場合を除き、その意に反して、降任され、又は免職されることがない』という書き方で記されているとおり、分限と懲戒は、共に隊員の意に反して免職という最も重い処分を科すものだ。当然、両者は密接に関係している。

淀橋の件が、懲戒処分となる可能性だってありえる。受診命令が出ている以上、拒否は抗命だからだ。だから、懲戒についても調べている。

「懲戒と対比して考えると良いんだけど、それでも『分からない』と言うなら、それなりに理解できているんじゃないか？」

なんだか禅問答のようなことを言われてしまった。それでも、風見の言うことが分からないでもない。いわゆる〝無知の知〟、ソクラテスが提唱した『無知であることを知っている』状態に近づいたということなのだろう。

それには、懲戒にしても分限にしても、規則類に具体的な記述が少ないことや、斑尾がそれが適用された実例を知らないことが関係している。この状態から脱却するためには、とにかくインプットを増やさないとどうにもならなかった。それは斑尾自身も認識している。風見に泣きついたのはそのためだった。

「これを読んでみるといい」

そう言われていくつかの資料を受け取った。近年の分限、懲戒事例とそれに対する考察の資料だった。

「昔のものもないではないんだけど、古いものはあまり参考にならない。昔の災派発出事例が、現在の災派発出の参考にならないようなもの。法や規則以上に、国民の考え方が変わっているから」

そう言われて、何となく納得できた。昔は、自衛隊が当人の意に反して免職にでもしようものなら、マスコミだけでなく、法曹関係者が一斉に叩きに来たのだろう。

「ありがとうございます。読んでみます」

「あと、有名な判例、特に最高裁判決は、その後の審査や裁判の基準になる。長束《ながつか》小学校事件、大曲《おおまがり》郵便局事件の最高裁判決は見ておいた方がいいよ。特に、この判決で示された適格性の定義に合致するかどうかが重要になる……らしい」

判例までチェックしろと言われ、斑尾はげんなりしてしまった。おまけに、教えてくれた風見でさえ『らしい』と言うくらいで、読む前から難しいことが分かる。

重い足どりで、法務官室に向かい、幕僚にお願いしようとしたら、法務官の手塚《てづか》一佐にめざとく見つかってしまった。

「飛び降り騒ぎの件か？」

斑尾自身、溝ノ口に命じられて動くことが多い。斑尾が姿を現せば、司令官の特命を受けているのかと部長級の幕僚でも身構えることが多かった。斑尾は、慌てて手を振る。

「そうなんですが、違います」

慌てて答えたので、意味不明な答えになってしまった。

「えと、司令官の指示ではなくて、勉強のために裁判資料を頂けないかと思いまして」

「何の資料だ？」

「長束小学校事件と大曲郵便局事件の最高裁判決の資料はないでしょうか」

斑尾が答えると、手塚の手前に席がある須藤《すどう》三佐が立ち上がった。

「今、コピーします」

彼の手には、バインダーに挟み留められた資料があった。こちらでも、準備していたらしい。九空団からも関係する報告が上がってきているのだろう。

「分限の可能性があるみたいだな」

手塚は、他の隊員がいることもさして気にしていない様子で言った。法務官室の場合、普段から、扱っている案件は各種のトラブル関係がほとんどだ。手塚自身や須藤だけでなく、空曹を含めた幕僚にも情報を与えなければ仕事にならないのだろう。

「はい、それで人事課の風見一尉に勉強のための資料をもらえないかとお願いしたら、判例も見ておいた方がいいと言われました。それで、こちらに」

斑尾の言葉に、手塚が肯いた。コピーはすぐに終わったようで、須藤がクリップで留めて資料を渡してくれた。枚数は一〇枚にも満たない。

「ありがとうございました」

手塚と須藤に礼を言うと、須藤三佐が優しげな顔で言い添えてくれた。

「質問があったら、私に聞いて下さい」

「その際は、よろしくお願いします」

斑尾は、軽く頭を下げて副官室に戻った。

風見から資料をもらっても、業務中にそれを読み込む時間はない。やっかいな問題が発生したからと言って、通常業務がなくなることはないからだ。

＊

その日は、夜も部外で行われた会合に同行したので、資料に目を通す時間はなかった。パーティーに同行しただけ、壁の花に近い状態だったが、非常時の連絡役でもあったし、副官としてその場に存在していることにも意味があったから、隠れて資料を読むようなこともできなかった。溝ノ口を特借に送り届け、基地に戻ってから帰宅すれば、もう二三時近かった。迷彩作業服にプレスをかけるなど、雑事をこなせば、もう眠りに就く時間だ。

副官の仕事は朝も早い。

翌日は、幸いにして夜の仕事がなかった。九空団がいつ方針を定めて報告してくるのか分からなかったから、早めに勉強しておく必要がある。帰宅すると、〝ゆんた〟に持って行っても問題のない資料を抱えて自分の特借をでた。夕食を食べながら、資料を読み込むつもりだった。

「いらっしゃい」

「資料を読みたいから、タコライスをもらえる？」

お冷やを持ってきた唯にスプーンだけで食べられるメニューを注文する。

「任せといて！」

タコライスなど、アメリカナイズされた沖縄料理は、唯が作ってくれる。厨房《ちゅうぼう》に戻ってゆく彼女を見送り、斑尾は資料に目を落とした。

長東小学校事件と大曲郵便局事件の最高裁判決の判決文とその解説だ。法曹資料なので、〝ゆんた〟で広げても問題なかった。

最初に、昭和四三年に判決が下された長東小学校事件の方に目を通す。長東小学校事件は、校長が分限降格処分となり、その元校長が、処分の撤回を求めて起こした裁判だった。校長が分限処分になるという事態が想像できず、冒頭から驚いたまま資料をめくった。

もう一つの、大曲郵便局事件は、平成一四年に最高裁で争われたもので、大曲郵便局に勤めていた局員が、職務態度から分限免職処分となり、その撤回を求めたものだった。

どちらの事件も、最高裁で分限が適正なものだったと認められたため、この時の判例に沿って判断するべきと考えられているものだった。

「はい。タコは入ってないけどタコライス」

「ありがと。頂きます」

タコライス、初めて食べた時には、ご飯とチーズという取り合わせに驚いたが、今では舌がしっかりと馴染《なじ》んでいる。右手でスプーンを操りながら、左手で資料をめくる。

「まあた、難しいのを読んでるね」

唯が眉間《みけん》にしわを寄せてのぞき込んでいた。

「でしょ。法学部出でもないのに、こんなのを読んで勉強しなきゃならないなんて……やっぱり副官は、とんでもないよ」

斑尾がぼやくと、唯が目を丸くした。

「え、昇任……だったっけ、の勉強じゃないんだ？」

「違うよ。仕事のための勉強」

「秘書みたいな仕事なんでしょ？」

斑尾は肯いて答える。

「その秘書みたいな仕事をするためには、こういうことも頭に入れておかなきゃダメなの」

「うわ〜、くわばらくわばら」

そう言って、唯は厨房の奥に引っ込んでいった。斑尾も、なんて面倒な仕事だと思いながら、資料に目を戻す。

難解な上、常識の範囲を大きく超えた判例が、斑尾の頭脳をかき乱した。おかげで、唯が作ってくれたスパイシーなタコライスも、全く刺激にならなかった。

＊

またしても、九空団司令副官の浦河二尉から電話があり、直接報告の場をセットすることになった。今回は、前回のＶＩＰ三名と総務部長、人事課長に加え、法務官も含めて欲しいということだった。幕僚ルートでは、既に報告が上がっているということで、人事課長の牛見二佐と法務官の手塚一佐は、報告内容を承知しているそうだ。

前回と同様に、お茶は必要ないと言われていたため、司令官室に関係者を案内し、副官室に戻った。どう判断されることになるのか分からないが、報告内容を浦河から聞いておかなければならない。

「お疲れ様です。結局、どんな方針になったんですか？」

斑尾が尋ねると、今回もそっと報告書のコピーを渡された。斑尾は、自分のデスクに戻って確認する。

自衛隊における文書では、基本的に冒頭に結論が書かれている。裁判における判決文と似ているかもしれない。冒頭に『主文、被告人を××に処す』と書かれ、以下で理由が記されるパターンだ。

自衛隊の文書では、報告書全体の概要を冒頭に書くことで、結論が記載されることが多い。この報告でもそうだった。九空団司令の判断は、分限による免職処分だった。やはり、演習に影響が及んだという点を重視したようだ。多くの隊員が準備に多大な時間をかけていた。それが潰《つぶ》された。必ずしも、本人がそれを狙《ねら》っていたとは言えないものの、及ぼした影響の大きさは看過できないということらしい。

斑尾は、大きく深呼吸をして、文字を追う指を下に動かした。

結論を含む概要の次に書かれていたのは、淀橋三曹を分限免職とする根拠だった。適用する法、規則としては自衛隊法四二条一号の『勤務実績がよくない場合』、および同条三号の『職務に必要な適格性を欠く場合』に該当するという判断だった。

勤務実績がよくない場合、職務に必要な適格性を欠く場合と言われても、普通には何を意味しているのか理解できないだろう。だが、斑尾も自信は持てていないものの、風見にもらった資料を読み、過去の最高裁判決を見ていたから、報告書が意味するところは、おぼろげながらも理解できた。

淀橋は程度が酷いと言えるものの、単純に勤務実績がよくないという評価は、他の多くの隊員に対しても口にされる評価だ。分限の対象となる『勤務実績がよくない場合』は、具体的には勤務評価でDを付けられた場合になる。

斑尾自身も、部隊で勤務していた時には、長すぎる休憩を取っている部下を怒鳴りつけたことがあった。それでも、普通は、半ば冗談じみた表現で事足りる。「こら、いつまで休憩してるつもりなの！」と、どやし付ければ、慌てて仕事に戻るし、そもそも頻発するものでもない。

知能や体力は、入隊の時点で要求値を満たしていることを確認しているから、業務のやり方を教えさえすれば、最低限の勤務実績は修められるはずなのだ。その場合、勤務評価がCになることはあっても、Dにはならない。

そうした判断基準でも『勤務実績がよくない場合』と判断され、勤務評価Dとなるには、その隊員だけでなく、部隊側の対応が問題になるようだ。何よりも、指導すべきタイミングで指導を行っていることが重要だった。さらに、たとえ裁判になった場合にも、指導を行ったことを認めてもらえるように記録していることが必要だった。加えて、指導を繰り返しても改善が見られない場合には、訓戒、注意といった軽い懲戒処分を行っていることも必要とされている。

また、身体的あるいは心理的な問題があるのなら受診を勧め、それでも受診しない場合は、診察を受けることを命令していることが必要だとも考えられていた。そこまでして、初めて勤務評価Dとなる。

淀橋に関しては、業務隊に所属していた段階から、上司がある程度の記録を残していた。そして、基群本部に転属させてからは、勤務評価がDとなり、本格的な監視態勢が取られていたから、そうした指導、記録は完璧《かんぺき》に整備されていた。基群本部では、分限を視野に入れていたため、受診の勧告も行っている。

今回の飛び降り騒ぎを理由とした受診命令は、とどめだったと言えた。ちなみに、もし受診し、疾病であると診断されれば、状態に応じて治療を勧め、休暇や休職させることになる。風見が言っていたように淀橋はそうした事態を恐れていたのかもしれない。

九空団は、ここまで徹底したステップを踏んでいたからこそ、今回分限処分を行うことを方針としたらしい。

ただし、まだ斑尾もよく理解できていなかったが、分限を行うためには、これに加えて責任能力の有無も確認しないといけないらしい。もっとも、責任能力がない場合は、勤務などできるはずもない。裁判になった場合の話なのだろう。

斑尾は、視線を上げてため息を吐いた。まだ『勤務実績がよくない場合』を立証するために九空団が行ってきた処置を読んだだけだ。文字の上を滑らせた斑尾の指は、まだ報告文書の半分にも達していない。

「そこまでは、理解できたんですか？」

浦河に問われて答える。

「予習したから。何となくだけど」

そう言って、クリアフォルダに入れていた資料を見せた。風見にもらったものだ。

「凄《すご》いですね」

浦河に褒められて、肩をすくめてみせた。必要に迫られて、仕方なく詰め込んだだけなのだ。かろうじて理解できているだけで、身になっている訳ではない。

そんなことよりも、部隊が行ってきた努力に頭が下がる思いだった。

「業務隊から基群本部に異動させる時に、結構しっかり検討したんだろうね」

斑尾の素直な感想に、浦河が肯いた。副官付には聞こえないようにこっそりと耳打ちしてくれる。

「業務隊長が精神的にダウンしかけたみたいで、九空団や南西空だけじゃなく、総隊や空幕の法務にもアドバイスをもらって、方針を決めたそうです。業務隊長としては、しっかりと人事記録を付けていたつもりみたいですが、空幕の法務に『全然足りない』と言われて、業務隊内では無理、という判断を下したそうです」

「で、基群本部に異動させたと」

「はい。淀橋三曹本人が、体力的に現場の仕事は無理だと言っていたこともあって、デスクワークばかりの基群本部に異動させました。その後に書いてある適格性にも関係する話で、体力的に無理のない職場に異動させるという部隊として可能な処置を行った、ということを主張することも考えての異動だったそうです」

「なるほどねぇ」

そう言って、斑尾は報告書の続きに視線を落とした。次に書かれていたのは、淀橋が『職務に必要な適格性を欠く場合』に該当することを説明するものだった。

この『職務に必要な適格性を欠く場合』の定義は、風見が見ておくべきと言っていた長束小学校事件と大曲郵便局事件の最高裁判決で示されたものが、確定した司法の考え方として定着している。報告書も、判決を参照して書かれていた。

それを要約すれば、『適格性を欠く場合』とは、簡単に矯正することのできない素質、能力、性格などが原因となって、職務を円滑に遂行できない場合が該当する。ただし、それは、行動や態度で判断するしかないとされており、その曖昧《あいまい》さが審査請求や裁判を難しいものにしていた。

そして、もう一つ、この最高裁判決が淀橋の分限を困難にしている理由があった。大曲郵便局事件は分限免職だったが、長束小学校事件は分限降任が争われた裁判だった。何せ分限処分の対象となったのは校長だ。実質的には権限が多い校長からの解任事件だったので、必要とされる適格性も高度なものだと判断され、処分が行われたことになる。そして、最高裁判決でも、分限免職は、分限降任以上に厳格に適格性を欠くのか検討されなければならないとされていた。

校長なら高い職能が必要とされるが、三等空曹にそこまでの職能が要求されることはない。その上、降任ではなく免職となれば、尚のこと不適格な言行がなければ、認定が難しいということだ。

実際、長束小学校事件の後に発生し、分限免職が争われた大曲郵便局事件で処分された職員は、はっきり言ってメチャクチャな局員だった。

胸章不着用、標準作業方法違反、研修拒否などを繰り返し、合計で九三七回にも及ぶ指導、職務命令を受けただけでなく、自衛隊であれば懲戒処分にも該当する一三回の注意、一一八回の訓告、郵政局でも懲戒とされる処分に五回も付されていた。

しかも、指導や処分を受けても、上司に対して終始無言の態度を取っていたらしい。

これだけのムチャクチャを行い、やっと分限免職に至っているのだった。想像すると、思わず気が遠くなりそうだった。

報告書を読むと、淀橋を基群本部に異動させた時点で、こうした勤務実績や適格性について、徹底的な指導と記録が必要だと認識し、そうした動きを取っていたことが分かった。

それでも、分限処分とした場合に、裁判で自衛隊、国側が勝てるのか、斑尾は不安に思った。

淀橋は三曹だ。降任となると階級は空士長となる。空曹補士だった淀橋が降任となった場合は、補士としての扱いは受けないだろうから、任期制隊員の空士長と同じ扱いになるだろう。階級が下がっただけでなく、その身分が大きく変わることになる。かえってややこしい。当然、九空団もそんなことは承知していたし、降任では部隊としての問題解決には全くならない。分限免職を考えていた。

斑尾は、分限免職となり最高裁判決でも免職が妥当と判断された大曲郵便局事件での局員のムチャクチャな行状を思い返してみた。それを考えると、淀橋の行為がそれほどとは思えなかった。

令和に入り、分限処分実施要綱が改正されたことで、分限処分が下しやすくなったとは言え、淀橋の行動と大曲郵便局事件では、まだ大きな差があった。事実、この令和の改正以後も、自衛隊で分限処分を下された隊員はいないらしい。

「難しいかもね」

思わず漏れた言葉には、くやしさが混じった。

自衛官目線で見れば、淀橋の行動は、とても許せるものではない。基群本部の隊員は、よく我慢したと思った。その意味では、業務隊から基群本部への異動は、淀橋を守るためでもあった。そのまま部隊にいたら、どこかの時点で、淀橋がいじめとして訴えた吊るし上げなど問題にならない、本当のリンチになっていたかもしれない。

そんな隊員を、処分することが難しいという事実が悔しかった。

「団司令も悩んでました」

「だろうね」

浦河の言葉に、力なく同意する。今報告を受けているＶＩＰ三名、溝ノ口、目黒、馬橋、そして総務部長の藍田、人事課長の牛見と法務官の手塚も、頭を抱えているに違いなかった。

＊

そろそろ午後のお茶を出そうかというタイミングで、溝ノ口からリクエストが来た。コーヒーに砂糖を付けてくれという。普段、溝ノ口はコーヒーをブラックで飲んでいる。砂糖を付けてくれというのは、相当に疲れている時だ。昼食のために食堂へ向かうときも、口数は少なかった。同行する目黒も同様で、言葉よりため息の方が多かったかもしれない。

砂糖を入れたコーヒーを出すなら、菓子はあまり甘くない方がいい。斑尾は、スティックシュガー2本と頂き物のバウムクーヘンを添えてコーヒーを運んだ。

「副官、入ります。コーヒーをお持ちしました」

斑尾が、執務机の端にソーサーを置く。溝ノ口の手元を見ると、まだ九空団司令が持ってきた報告資料を見ているようだった。

報告後、司令官室を出てきた牛見を捕まえて状況を聞いた。彼は首を振って「報告を受けただけだ。結論は出ていない」と言っていた。

報告を受けた溝ノ口は、迷っているのだろう。

「副官は、指導に困る隊員やいじめ問題の処理で悩んだことはあるか？」

斑尾は、空の盆を右脇に抱えて姿勢を正す。

「あります。こちらに来る前、五高群で小隊長に就いていましたが、配属されてきた新隊員に、なかなか部隊になじめない二士がいました。性格的なものもありましたが、ちょっと鈍くさいというか、きびきび動けなかったので、周囲から浮いていた状況です。神経質なところがあったので、本人も必要以上に気に病んでいたようでした」

　初めて自衛隊に入ると、環境が大きく変わる。それは誰もが同じだ。その環境変化についていけない者が、どうしても一定数存在する。

「どう処理した？」

「そのまま、普通の二士として扱う、いわゆる下っ端仕事をさせるのは無理そうだったので、違う仕事をさせることにしました。神経質で細かな作業には向いていそうだったので、普通は三曹以上にやらせるのですが、秘文書やＩＦＦ規約の管理補助をさせるようにしたところ、きっちりと仕事をしてくれるので、助かりました」

　秘文書管理などは、幹部が行わなければならない。ただ、事務的手続きが多いので、補助をする空曹を付ける。斑尾は、それを二士にやらせた。

「彼を、幹部の近くに置いていじめが及ばないようにしたのが第一の目的だったのですが、彼自身が生き生きと仕事をしたせいか、内務班でもつまはじきにされることはなくなったようです。彼自身も自信が持てたというか、自分の居場所を見つけられたんだと思います。今も、三曹昇任を目指して頑張っているはずです」

「そうか。淀橋三曹も、業務隊内で二度ほど配置転換させたみたいだが、それでもうまくいかなかったようだな」

斑尾も、その記録は目にしていた。

「それが適切な処置だったのかは分かりませんが、当時の業務隊長や小隊長は、努力されたのだと思います」

コーヒーを口にした溝ノ口が、ソーサーにカップを戻す。

「前にも話したかもしれないが、パイロットが部下を持つのは、他の職種の幹部よりも後だし、立場も違う。そうした面倒な隊員に直《じか》に接する機会が少ないのは、良くないかもしれないな」

斑尾の同期でパイロットコースに行った者も、斑尾が駆け出し幹部として苦労していた頃、まだ飛行教育を受けていた。今も、部隊で駆け出しパイロットとして先輩に絞られている。部下を持つのはまだ先だった。

「飛行教育を受けながら、そうした体験をするのは、現実的に考えると難しいと思いますが、確かにデメリットかもしれません」

そう語っている内に、斑尾は、一人の名物隊員を思い出した。

「そう言えば、問題隊員ではないのですが、那覇に異動する前、饗庭野《あいばの》分屯《ぶんとん》基地で勤務している際に、少々変わった隊員がいました。二曹なのに高射部隊の隊員としての機材操作は全くダメで、私が彼に機材操作をやらせようとしても、周囲の空曹からは止めておけと言われたほどです。それでも、周りの隊員は彼に一目置いていて、どうしてだろうと疑問を持っていたのですが、演習になると天幕の設営や食事の調理は、彼にやらせておけば完璧でした。やはり、居場所というか、その隊員が活躍できる場があれば、少々変わっていても周りも受け入れてくれるのだと思います」

「淀橋には、作ってやれなかったのだろうな」

「はい。ただ、その努力はしたはずです。その上でダメなのですから仕方ないと思います」

「そうだな。しかし、私を含め、副司令官や幕僚長を始めとした幕僚、九空団司令が今悩んでいるのは、分限免職処分とした場合、そして裁判になった場合に勝てるかどうかだ」

斑尾は肯いた。報告書、そして過去の判例を見る限り、斑尾でさえ難しいかもしれないと考えた。しかし、斑尾はそのことを悔しく感じた。その思いを溝ノ口にぶつける。

「はい。ただ、裁判官がどう考えるのか分かりませんが、彼は結果的に演習をメチャクチャにしています。演習項目が二つ中止になっているのですから、そのために多くの隊員が行ってきた努力を無にしていますし、演習で得られるはずだった能力向上の機会を失いました。意図してのことなのかどうか分かりませんが、自衛隊員としては許されないことだと思います。多くの隊員も同じように考えているのではないでしょうか」

「そういえば、団司令は、意図的に演習を潰すことを考えていた可能性があるのではないかと言っていたな」

「団司令がですか？」

「今回の〝いじめ〟に淀橋三曹は相当腹を立てていたらしい。『演習準備で忙しい時にふざけんな』というようなことを言われ、不満を持ったようだ。それに、聞き取り調査の時には、飛び降り事件があったばかりなのに、またこんなことでマスコミに騒がれたら、困るのは部隊だろうというようなことも口にしていたらしい」

そんな生々しい情報は、報告書には書かれていなかった。九空団司令が、溝ノ口に直接報告した内容なのだろう。

「自衛隊に相当の恨みを持っているんですね」

「そのようだ。今は〝いじめ〟を行った隊員の処分も検討中ということにしているから、おとなしくしているが、口頭注意だけとなれば、また何かやるのではないかと警戒しているそうだ。内務班でも、周りの隊員に、目を離さないように言ってあるものの、彼らも限界だと言っているようだな」

ますます許せなかった。演習を一部中止に追いやっただけでなく、マスコミに情報を持ち込んで騒ぐことまで考えていたのかもしれなかった。

そこまで考えて、斑尾の脳裏に何かが引っかかった。マスコミにたれ込むのなら、淀橋が訴えるだけでは衝撃度が弱い。証拠となるものがあった方がいい。簡単に得られる証拠は画像や映像だ。

司令官を特借に送った後、総務課で見た映像を思い出す。多くの野次馬隊員が、庁舎屋上の縁に座る淀橋を見上げ、スマホを構えていた！

「もしかしたら、共犯がいるんじゃないでしょうか？」

「共犯？」

「はい、もし演習に影響を与えるだけじゃなく、マスコミに情報を持ち込んで騒ぐつもりなら、飛び降りると言っている淀橋三曹を、他の隊員がスマホで写していたかもしれません。採証のために九空団が現場の状況を記録していました。そこに、スマホで撮影している隊員の姿も映っていました」

「撮影か……」

溝ノ口は、考え込んでいた。

「マスコミに持ち込むつもりだったのなら、飛び降りは狂言だったことになるし、狂言で演習をつぶしたのであれば、看過できることではないな。処分するとなれば分限ではなく処分としては余分に重い懲戒になるが、明確な証拠を根拠とした懲戒の方が、分限よりもむしろ使いやすいのは確かだ……」

そう言うと、溝ノ口は再び考え込んだ。次に溝ノ口が発したのは命令だった。

「可能性はありそうだな。副官、法務官と総務部長、人事課長を呼んでくれ」

「はい、直《ただ》ちに！」

＊

そこからまた慌ただしくなった。法務官の手塚と人事課長の牛見に電話をかけてから、部屋が近い総務部長には直接出向いて伝えた。三人同時に司令官室に案内する。命令を受けた三人は、数分で司令官室を出てきた。

「今日の内に、一度報告するつもりだ。場合によっては、司令官の退庁を少し遅らせてもらうかもしれない」

副官室の前で待っていると、足を止めた牛見に告げられる。

「分かりました。その際は連絡を下さい」

三人を見送って、副官付に注意喚起をしておいた。

「例の飛び降り騒ぎの件で、少し動きがあるかも。人事課長は、今日中に報告するって言っているので、その場合は優先的に。九空団から直接報告が来る可能性もあると思う。その場合はケースバイケースかな。とにかく、報告を欠かさずに！」

そう指示すると、村内が不安そうに口を開いた。

「何がどう動いているんですか？　前からヤバイ隊員だったって噂は聞こえてますから、前回と同じような単なるいじめじゃないのは分かりますが、あまり伏せられていると、どう動くべきなのか分かりません」

　今回は、斑尾自身もこそこそと動いているので副官付にも事情はほとんど説明していない。確かに、村内が言うように、ある程度情報を与えないと適切に動くことはできない。それでも、今は伏せておくべきだった。外れの可能性もあるが、もし共犯がいるならここからが山場になるはずだ。

「ごめん、今は言えない。どうすべきか分からないと思うから、逐一聞いてもらって構わないから」

　情報を与えないのなら、微に入り細に亘《わた》って指示しなければならない。全員が「了解」と答えたことを確認して、斑尾は自分の席に戻った。もう一度、共犯がいる可能性と今後の動きを考えてみる。

　あの飛び降り騒ぎを、外部を巻き込んで話題にするなら、やはり動画を撮った可能性が高いだろう。屋上は、説得に当たった基群司令ですら、録音にとどめたという話だったので、撮影していたのならやはり地上からの可能性が高い。あるいは、総務班で映像が流れていたように全景を撮れる場所があるなら、そこから撮った可能性もある。しかし、もう暗かったので望遠で撮るのは難しかっただろう。監視カメラのような高性能なカメラを使っているとは思えない。いずれにせよ、撮影ポイントについては九空団が考えるはずだ。

　問題は、当日に撮影していた可能性のある隊員を割り出し、それを確認する方法だろう。

自衛隊といえど、私物スマホの中身を確認させろとは言えない。

自発的に確認させてもらうことは可能だが、共犯者なら当然拒否すると思われた。確認させてくれた隊員を共犯の被疑者から外し、人数を絞り込めるだけだ。

〝警務隊を使うかも〟

飛び降り騒ぎが、マスコミなど外部を巻き込むことを考えた狂言なら、演習項目の一部中止をしなければならなかった以上、撮影した共犯者を含め、自衛隊に対する業務妨害を行ったと言えた。損害額を算出してみれば、額は相当なものになるはずだ。基地防衛の方はそれほどではないかもしれないが、再発進の方は多数の航空機が飛ぶ予定だった。

犯罪の疑いありとして、警務隊が捜査を行うことは当然と思えた。警務隊は、司法警察員として、自衛隊内の犯罪を警察に代わって捜査することができる。犯罪に対する嫌疑があれば、スマホを押収したり、送信した履歴があれば携帯のキャリアから通信記録を取ることもできるはずだ。

共犯者が共犯容疑者の中から漏れない限り、そして事前に情報が漏れて、スマホのデータを消したり、スマホ自体を破壊されない限り、共犯の事実があれば、それを押さえることができるだろう。

そう考えると、副官の斑尾が今やるべきことは、何もしないことだった。秘密保持が最優先になる。立ち上がって副官付の三人に告げた。

「えと、報告は来るかもしれないけど、やっぱり特に準備することはない。いつも通りで仕事して」

そう言うと、三人は怪訝《けげん》な顔をしつつも了解してくれた。斑尾も、頬《ほお》を両手で叩いて頭をリセットする。

「あ、お茶を片付けなきゃ」

コーヒーカップをＶＩＰに出したままだった。斑尾は、慌てて片付けの指示を出した。

＊

「食堂はどうだった？」

翌日、昼食から戻ってきた斑尾は、先に戻っていた三和に尋ねた。噂《うわさ》が飛び交うのは圧倒的に曹士用の隊員食堂だ。斑尾が行ったのは幹部食堂だったし、ＶＩＰ用の場所に近い場所に陣取っていたから、周囲は静かなものだった。流れている噂を知りたかった。

「いや、凄かったです」

斑尾は、三和の机の前で足を止めた。

「急に何人も集められたと思ったら、警務隊に聴取されているらしいって噂が流れてます。九空団が多いみたいですが、他の部隊どころか、海自の者までいるらしいって言われてて、大騒ぎですね」

空自の那覇基地と海自の那覇基地は一体になっている。柵《さく》で区切られてもいないから、野次馬に海自の隊員が混じっていても不思議はない。海自部隊は、那覇病院やヘリがいる陸自とは、規模が二回りも違った。

「理由は何だって言われてた？」

「窃盗じゃないかって声が大きかったですが、いろいろでした。でも、副官が気にしているってことは、例の飛び降り騒ぎですよね？」

斑尾は、肯いて答える。

「でも、言っちゃダメよ」

「分かってます。それにしても、かなりの人数みたいですね」

斑尾は肩をすくめた。それだけ、野次馬が多かったということだ。淀橋が飛び降りると騒いでいた内務班隊舎の周りにいたことが確認できた隊員を全部集めたのだろう。スマホで撮影していたかどうかは関係なしだったに違いない。人数が多いとなれば、聴取には、時間がかかるかもしれない。

そんな予測に反して、一四時を回ったところで風見が報告にやってきた。幕僚長、副司令官、司令官と、通常順序で報告に入ったので、緊急事態ではないはずだ。副官室前で待っていると、ここ数日と同様に、廊下の少し先を指さした。斑尾もそちらに向かう。

「淀橋三曹に頼まれて、下から動画を撮ったと証言した隊員がいた。本人のスマホからは既に動画は消されていた。淀橋三曹に送信したと言っているので、キャリアに照会することになるらしい。だが、ライムに『頼まれていた動画を送信する』というメッセージが残っていた。全く関係ない動画を送った可能性もゼロじゃないけれど、黒の可能性が極めて高い。本人は、大したことをしたつもりがなかったようだね。それだけに、百人以上がかき集められて警務に聴取されたことで驚いている。聞かれたことには素直に答えているそうだよ」

「ここからどうなりますか？」

「警務隊は、集めた者全員を聴取すると言っている。課業中には終わらないらしい。ただ、この自供した隊員の供述検証がメインになるはず。正直、続報が来ないとよく分からない」

「そうですか。ありがとうございました」

斑尾がそう答え、歩き出す風見を見送ろうとしたところで、彼が足を止めた。視線の先から足早にやってきたのは、人事課長の牛見だった。重要な続報があったのだろう。

「三方とも空いています。どうぞ」

斑尾が促すと、牛見は軽く肯いて足を止めずに言った。

「淀橋が、自分のスマホをたたき壊した」

そのまま、幕僚長室に報告に入った。

「淀橋三曹も聴取していたんですね」

「当然だよ。聴取というより、証拠隠滅を図らないように押さえていたというのが正確なところだけどね」

風見は人事課に戻るのかと思ったが、副官室で牛見を待つという。今日の動きについては、人事課でも牛見と風見しか承知していないのかもしれない。副司令官、司令官と報告した牛見が、報告を終えて出てきた。牛見も、風見と同じように廊下の先を指さした。今度は、斑尾と風見が並んで話を聞く。

「淀橋三曹の聴取を先に初めて、他の隊員の聴取状況を知らせないようにしていた。彼の携帯も確認したかったが、容疑が定まっていないのでできなかったそうだ。任意で見せるように言っても見せてなかったのは当然だろうが、他の隊員からメッセージが入ったのか、突然携帯をたたき壊した。暴れたので取り押さえたそうだ」

「ほとんど確定ですね」

風見の言葉に牛見が肯いた。

「ああ、だが裁判の可能性もあるから、証拠は確保するはずだ。淀橋三曹のスマホからデータは取り出せない可能性があるが、通信記録は取れるはずだし、撮影を証言した一士はデータを消しているものの、捜査に協力している。確認できる可能性は高い」

「その場合は、懲戒処分ですか？」

捜査の細部は、聞いても斑尾にはよく分からなかった。それよりも、事態がどう処理されるかが気になった。

「九空団司令の判断を待つ必要があるが、その可能性が高いだろう。懲戒免職になるはずだ」

「分かりました。審査請求や裁判があるにせよ、これで一区切りですね」

「どうかな？」

斑尾の言葉に、牛見は首をかしげた。

「やってくるかもしれないが、審査請求や裁判を行っても、今回の証拠があれば自衛隊が負ける可能性は低い。裁判費用も含めて支払わなければならなくなるから、諦めてくれるかもしれない」

そう言った牛見に左の肩を叩かれた。

「副官のお手柄だな」

「ありがとうございます」

しびれるほど痛かったので、顔がゆがまないように気をつけながら礼を返した。これは何ハラだろうとも思ったが、自分の思いつきが役に立ったのなら嬉《うれ》しかった。

その後は、緊急の報告はなく淡々と処理が行われていった。しかし、数日おきに半月ほど報告が続いた。

証拠を集めた結果、予想された通り、淀橋は懲戒免職となる見込みだ。報告が続いた理由は、懲戒免職とするなら、やはり最終的な判断は防衛大臣が下すことになるからだ。国を相手に裁判が行われる可能性があるのだから、考えてみれば当然のこととも言えた。

それもやっと終結した。防衛大臣が懲戒免職を了承し、マスコミに対するものも含めて発表となったからだ。

＊

九空団の隊員が関係した事案なので、省としての発表が行われた後、九空団司令が記者会見を行った。リアルタイムで見る必要があるものでもないため、会見の後で、担当する渉外広報班長水畑一尉が撮影した映像を流すことになった。

「総務部長はこちら、法務官はあちらでお願いします」

部長級の二人を、コの字型に並べた席の両脇に案内し終わると、ＶＩＰの三人に、幕僚長の馬橋から順に声をかける。

「先ほど行われた九空団司令の記者会見映像を映す準備ができました。応接室にお願いします」

正面に三人分の席が並べてある。中央が溝ノ口、その右手が目黒、左手が馬橋の席なのは自明なので、説明する必要はない。目黒と溝ノ口には連続で声をかけた。溝ノ口が中央の席に掛けるためだ。

「それでは、先ほど実施された九空団司令の記者会見映像を流します」

水畑が報告し、大型のテレビ画面に映像を映した。斑尾は、壁際に立って映像を見る。

隊員の処罰に関する会見なので、九空団司令の若杉将補は、終始硬い顔を見せていた。当然ながら、会見の基本は、防衛省が書面で発表したものと同じだ。

「演習実施中、A三曹は、五階建ての隊舎屋上で飛び降りると言って騒ぎを起こしました。しかし、他の隊員に動画の撮影を依頼し、後でそれを渡して欲しいと依頼しておりました。つまり、飛び降りるとの騒ぎは狂言で、最初から騒ぎを起こすことが目的だったことが確認されています」

淀橋の名前は公表せず、狂言による飛び降り騒ぎを起こし、実施中だった演習を妨害したことを最初に説明していた。それによって、多くの隊員が準備した演習項目の一部を中止にせざるを得ず、国費の無駄遣いを発生させたと説明し、事態の重大さをアピールする。

「この飛び降り騒ぎの八日ほど前に、A三曹と同僚隊員の間でトラブルがありました。彼が、このような騒ぎを起こした直接的な理由は、彼がそのトラブルをいじめとしてアピールすることを目的としていたと判断しています」

若杉がこの言葉を語っている間、マスコミが構えたカメラから盛んにフラッシュが焚《た》かれていた。マスコミは、若杉が頭を下げることを期待していたのかもしれない。しかし、彼は正面を見たまま続ける。

「このトラブルについては、彼の長年に亘る職務への怠慢があり、同僚がそれをとがめたものでした。部隊としては、その職務怠慢を理由としてA三曹に対する分限処分を検討していたところです。このトラブルについても、A三曹の行動に非があり、それをとがめた同僚の主張には妥当性があったと考えております。そのため、このトラブルを『いじめ』であったとは捉えていません」

フラッシュだけでなく、「先日もいじめ騒ぎがあったばかりでしょう。これもいじめだったのではないですか?」「いじめの隠蔽《いんぺい》のための懲戒処分だろ!」といった怒号が飛ぶ。しかし、質問は最後にと宣言してあったため、若杉はその怒号を無視して会見を続けていた。

ＶＩＰの三人も、部長級の三人も、無言で画面を見つめている。斑尾も、はらわたの煮えくりかえるような思いを抑え込み、会見の状況を見守った。

そこからの会見は、淀橋の入隊時からの経歴の紹介と、彼の行動が『勤務実績がよくない場合』『職務に必要な適格性を欠く場合』に該当することを説明するために集めた指導実績、過去の処分実績の紹介が続いた。

淀橋の処分は懲戒であって分限ではない。それでも、そうしたことを紹介した理由は、懲戒処分の際に、加重と呼ばれる処分をより重くすることが定められているからだ。加重は、規律違反の態様に応じて定められている懲戒処分の基準よりも、より重い処分を科すことだ。

もっとも、懲戒処分等の基準に関する達によれば、淀橋の違反態様は、今回のことだけでも極めて重大な『反抗不服従』に該当する。それだけで懲戒免職に該当する違反だった。何せ、個人的な反抗不服従を行っただけでなく、それによって演習が中止になることを狙っていた。自衛隊の任務に対する妨害行為にあたるからだ。

それでも、過去の実績を紹介したのは、だめ押しのためと言えた。

業務隊所属時の事例は、通常なら二時間程度で終了する作業を命じたにも拘わらず、一時間以上に亘って休憩を行い、三時間以上経過しても作業が終了しなかった事例に始まっていた。基群本部に異動となってからは、細かい指導を行ってきた実績が紹介される。人事記録が元なので、全《すべ》てを紹介することこそしていないものの、若杉は三分以上にも亘って一部を抜粋して指導実績を読み上げていた。

「以上のような経緯がある中で、演習の準備で部隊が忙しい最中《さなか》、A三曹の職務怠慢により、食堂での通常の喫食ができなかった隊員が、A三曹に詰め寄ったことが、彼と同僚隊員の間のトラブルでした」

さすがに、これだけの指導実績を紹介した後だと、それまでのような怒号は飛ばなかった。それでも「いじめがなかった証明にはなっていない！」というマスコミの声は聞こえた。

その後は質問となっていた。映像を見守っていたＶＩＰ三人と部長級二人が身じろぎしている。ここまでの会見はただの発表。ここからが本番と言えた。

ただし、質問者は会見をセットしている九空団側が指名している。ヤジを飛ばしている者にはマイクを渡さず、他の参加者に質問させているようだ。

「琉球テレビです。Ａ三曹と同僚隊員の間であったトラブルについて、部隊としては〝いじめ〟と捉えてはいないとのお話でした。Ａ三曹自身は、そのトラブルをいじめとして主張しているのでしょうか？　また主張しているのだとしたら、それに対してはどのような対応を取られているのでしょうか？」

先日発生したいじめ問題は、まだ視聴者の記憶にあるだろう。質問している記者も、そのことを意識して質問してきていた。自衛隊にとっては、ヤジよりも、よほどやっかいな質問だった。

「Ａ三曹は、そのトラブルがいじめだったとして上司である基地業務群本部の総括班長に報告しておりました。その事実については、報告を受けた総括班長から基地業務群司令にも報告され、確認のため関係者の聴取も行われております。トラブルの際、若干行き過ぎた行為があったことは事実でした。しかしながら、先ほど説明したとおり、このトラブルについては、Ａ三曹の職務怠慢が原因となって、通常の喫食ができなかった隊員が、Ａ三曹に詰め寄ったものであったため、このトラブルに関わった隊員に関しては口頭で注意するにとどめ、懲戒処分は行っておりません」

「その処分に不服があって飛び降りをほのめかしたのではないでしょうか？」

　質問していた琉球テレビの記者が、追及の声を上げる。

「時系列では逆になります。関わった隊員に対して口頭で注意を行ったのは、Ａ三曹が飛び降りると騒ぎを起こした後になります」

　こうした処分を決めるためには時間を要する。淀橋がなかなか処分が行われないことに不満を持っていた可能性もあるが、それが狂言で騒ぎを起こしたことの免罪符にはならない。

　その後も、質問が相次いだが、事実関係の確認の質問がほとんどで、若杉は時折資料を確認しつつも、明確な答えを返し、記者会見は終了した。

「やはり、共犯を証言した者がいたことが大きかったですね」

　目黒の言葉に溝ノ口が肯いている。質問でも狂言だったことを疑っての質問はされなかった。マスコミでさえ事実関係を疑うことができないというのは大きい。

「演習に支障が出たことは残念ですが、淀橋三曹が意図して演習中を狙ったことも、処分を行う上では助かりました」

そう口にしたのは、人事課長の牛見だ。この場に、防衛部長の幸田一佐が居たら渋い顔をしたかもしれないが、確かに牛見の言う通りだろう。斑尾は、処分を決めるための報告も目にしていたから、彼の言うことも理解できた。しかし、その報告を見ていても総務部長の藍田一佐には不安があったようだ。

「審査請求や裁判になっても、本当に大丈夫だろうか？」

それに答えたのは法務官の手塚だ。

「処分基準は空自達で定められています。今回の場合、上官に対する反抗不服従に該当しますが、免職は極めて重大な場合です。その極めて重大な場合は、行為の態様や動機も考慮されることになっていますが、基本的には反抗不服従の結果として、公務の運営に重大な支障を生じさせた場合となっています。人事課長が言ったように、演習中であったことが影響するでしょう。演習項目を中止せざるを得なかったというのは大きいと思います」

会見の映像を確認しても、九空団の上級部隊として南西空が何かをしなければならない可能性はなさそうだった。これ以上、懸念や意見が出ないことを確認して、溝ノ口が口を開く。

「今回の件は、これで片が付くと思う。もし問題があれば報告してくれ。だが、この隊員以外にも指揮官が指導に苦慮している者がいるだろう。良い事例でもあるはずだ。前回のいじめの件と合わせ、指揮官教育に生かしてもらいたい」

「分かりました。方策を考えます」

そう答えたのは、幕僚長の馬橋だ。牛見は「資料をまとめさせます」と言っていた。思考を巡らせてみれば、教育や訓練となれば、担当は防衛部だ。この場に防衛部長がいないため、幕僚長の馬橋が指示することになるのだろう。

記者会見映像の報告が終わる雰囲気になったため、斑尾はすかさず入口に移動して、歩いて来た溝ノ口のためにドアを開けた。

黙礼して見送った溝ノ口は、あまり晴れ晴れとした顔をしてはいなかった。大きな懸案は片付いたはずだ。それにも拘わらず、まだ懸念を持っているような顔をしていることに疑問が浮かんだ。

*

斑尾は壁掛けの電波時計を見つめていた。もう間もなく溝ノ口の退庁予定時刻になる。守本は既に庁舎玄関前の車寄せに司令官車を着けている。秒針がジャスト1分前を指したことを確認して腰を上げた。

「司令官を送ってきます」

三和も副司令官車で目黒を送るために既に副官室を出ている。留守番をすることになる村内に告げて司令官室に向かった。

「副官入ります。まもなく退庁時刻となります」

普段、斑尾が声を掛ける時には、溝ノ口も退庁準備を終えていることがほとんどだ。彼が登退庁時に使っているバッグの口が閉じられていて、そのまま斑尾が手にすれば良い状態になっている。しかし、今日の溝ノ口は、腕を組んで目を閉じ、何かを考え込んでいる様子だった。

「もうそんな時間か」

慌てて立ち上がり、机の上に出していた筆記具やノートをバッグに詰め込んでいる。斑尾は口が閉じられたバッグを受け取った。鏡の前に移動し、自分で身だしなみをチェックしている溝ノ口の周囲を巡り、斑尾も確認する。

「問題ありません」

斑尾が声をかけると、溝ノ口は少し早足で歩き始めた。恐らく三〇秒くらい遅れている。

「お疲れ様でした」

副官室で敬礼していた村内に、溝ノ口が「後はよろしく」と声をかけて通り過ぎると、後は廊下を歩くだけだ。退庁時刻は、廊下を歩くことを避ける幕僚が多いので、誰もいないことも珍しくない。この日もそうだった。

そうなると、少し物寂しいというか、えも言われぬ雰囲気が漂う。斑尾は、溝ノ口の斜め後ろを歩きながら声をかけた。

「考え事をされていたようですが、懲戒の件でしょうか？」

「ああ、懲戒というか、指示をした指揮官教育の件だな」

指導に苦慮している隊員に対する指導法に関して、指揮官教育を行えと馬橋に言ったことだった。

「先ほど、幕僚長が防衛部長に指示を出されていました」

応接室で映像を見た後、馬橋が幸田を呼び、一時間近くも話し合っていた。途中で人事課長の牛見と法務官の手塚も呼ばれていた。それだけ、難しい案件になるということだろう。

斑尾は、無言で歩く溝ノ口の思考を想像してみた。具体的な教育方法については、何ら指示をしていなかった。馬橋を筆頭とした幕僚に任せるつもりなのだろう。溝ノ口が何を思案しているのか分からなかった。

溝ノ口は、階段を下り、庁舎の一階で鉢合わせした幕僚の敬礼に答礼を返している。守本がドアを開けた司令官車に乗り込んだ。斑尾は、反対側のドアを素早く開け、溝ノ口のバッグを座席の上に置く。自分自身も、素早く助手席に乗り込み、司令官の乗車を示すプレートをダッシュボードの上に置いた。

車が滑り出すと、道路上を歩いている隊員が敬礼してくる。溝ノ口が答礼を返さなければならないため、斑尾は彫像のように固まる。基地のゲートで、溝ノ口が警衛隊員の敬礼に、同じように答礼を返し終えるまで、身を固くしたままだ。正門前の交差点を通過し、やっと緊張を解くことができる。

体は固めていても頭は動かせる。斑尾は、晴れない疑問を溝ノ口にぶつけた。

「司令官は、何を懸念されているのでしょうか。教育方法に思うところがあるのでしたら、指示した方が良いと思いましたが」

斑尾は肩越しに後部座席を見やる。民間と異なり、ドライバーの真後ろに乗車しているので、助手席の斑尾が少し振り向けば顔はうかがえた。溝ノ口は首を振っている。

「もっと根源的な問題だ」

「根源的……ですか？」

その言葉の意味するところを考えても、やはり分からなかった。

「政治、あるいは政策的と言った方がいいかもしれないな。我々自衛官自身では、どうにもできない問題ということだ」

「分限や懲戒処分のあり方ということでしょうか」

「あり方……そうかもしれないな。副官は、どう思った？　特に分限について」

「正直に言いますと、ほとんど知りませんでした。もちろん、言葉は知っていましたが、使うことを考えるような事態に直面したことはなかったので、制度にまつわる実態については、全く知らなかったというのが正直なところです」

「まあ、そうそうあるものではないな。だが、意外とあるものだ。特に、一歩手前の事例は多い」

そう言った上で、問いかけられた。

「副官に、指導に困る隊員やいじめ問題の処理で悩んだことはあるかと尋ねたことがあっただろう。もしうまく行かず、分限を使わざるを得ない事態に遭遇していたら、適切に処理できたと思うか？」

先日、九空団司令が二度目の直接報告に訪れた日の午後、お茶を出したタイミングで溝ノ口と話した時のことを思い出した。

あれは、うまく対処できたときの話だった。逆に、何もできなかった時もある。

「いえ、とても。あの時お話しした部隊になじめなかった隊員にしても、たまたまうまくいった事例に過ぎないと思っています。私が部隊配属になったばかりで、四高群に勤務していた時の別の話になりますが、いじめに近い状況を目にした時もありました。部隊になじめない、というかなじもうとしない隊員に対して、あわやリンチになりそうな時があったんです。仲裁に入ろうとしたら、古手の曹長に止められました。『これは曹士の問題ですから、幹部は黙っていて下さい』とまで言われました。その時は、大事にならないでくれと祈るばかりでしたが、その曹長がうまくお灸《きゅう》を据えてくれたのだと思います。傍《はた》から見たら、いじめを放置しただけだったのかもしれません。その時は、隊員の中で多少の衝突があることは仕方ない面もあると思いました」

「なるほどな。確かにそうかもしれない。だが、それは間違っているし、そのことこそ、私が考えていたことだ」

溝ノ口の答えは、なぞかけのようだ。

「どういう意味でしょうか?」

「副官は、まだ現場に立つ指揮官の目線で考えている。二尉であれば当然だが、そろそろもっと上の立場の目線でも考えられるようにならないとな。まあ、政治レベル、法律レベルの話は、まだ難しいかもしれないが、それでも上の視点を持とうとすることは必要だ。今回の場合、根源的には分限処分が使い難過ぎることが問題だ」

それは、斑尾にも理解できた。風見に渡された資料で勉強し、須藤三佐がコピーしてくれた長束小学校事件と大曲郵便局事件の最高裁判決も読んだ。

「立法の建前的には、自衛隊の分限は自衛隊法が根拠で、国家公務員法が根拠となる他の公務員とは異なる対応もできるはずだ。しかし、法文がほとんど同じこともあってか、実態的には、同じ対応をせざるを得ない」

「他の公務員の最高裁判決が判例として重要だと聞かされました」

斑尾が振り向きながら言うと、溝ノ口が肯いていた。

「軍法会議が必要なことと同様に、自衛隊での分限についても、国家公務員法とは異なる法文、関連規則が必要だ。そして、それに基づく判例も作られる必要がある。それは、間違いないと思っているが、どうやってそれを実現するかとなると、難しい問題だ。立法を行う議員に接触していかなければ不可能だからな」

「なるほど。そういう意味で、根源的、政治的とおっしゃったんですね」

「そういうことだ。そして、その意味では、今回の件は残念だった」

「え⁉」

斑尾は、驚いて声を上げた。

「懲戒処分としたことが失敗だったということでしょうか？」

「懲戒処分というより、これで問題が解決してしまいそうなことが、だな」

「政治問題化した方が、根源的な解決に近づけたかもしれないということですか……」

だとしたら、斑尾の思いつきは、逆効果になってしまったということだ。

「副官の思いつきのせいだと言っている訳ではないぞ。共犯まで確保して騒ぎを起こしていた以上、今回の措置は妥当なものだ。必要なことだった」

「そうですね……」

斑尾が力なく答えると、溝ノ口は「それに」と言って言葉を継ぐ。

「教育を指示した時に言ったとおり、他にも指導に苦慮している隊員は多いはずだ。いずれまた問題となる。動くならその時だろう。考えてみれば、小岩井《こいわい》政権での郵政民営化にも大曲郵便局事件が影響していたのかもしれない」

「次回の宿題ということですか」

「そうなるな。今考えても仕方ない。それまでは、容易に分限処分ができないことが、いじめの原因になることを防止し続けなければならないということだ」

溝ノ口が、独りごちるように結論に達した時、車が特借となっているマンションの車寄せに入った。後部座席に置いていたバッグを取り出し、車から降りた溝ノ口に渡した。

「お疲れ様でした」

守本と共に、少し疲れの見える後ろ姿を見送った。まだまだ、自衛隊を取り巻く問題は山積みのようだ。

第四章　副官の受ける薫陶

　土曜日の昼前、斑尾は私服で那覇空港の到着ロビーに立っていた。久しぶりにスカートをはき、少しだけ学生時代に戻ったような気がしていた。

　到着便の出口に懐かしい顔を探す。大学の同窓生、興園子《こしそのこ》だ。今は東京の会社勤めで、旅行を趣味にしている。ハイシーズンを避け、秋の深まったこの時期の沖縄にやって来た。月曜も休みを取り二泊三日で沖縄観光だそうだ。土日さえも仕事が入ることの多い斑尾から見たら、いいご身分に思えた。

　今日も、溝ノ口は市内で講演に呼ばれている。斑尾も随行した方が良いものだったが、今日の予定を気にしていたら溝ノ口に問われた。友人が来沖《らいおき》することを告げたところ随行不要と言われたのだった。

　興の方が、先に斑尾を見つけたようだ。出口の奥で手を振っている彼女が見えた。今時流行《はや》らないと思うのだが、ステッカーをべたべたと貼《は》り付けたスーツケースを引いている。国内、国外を問わず、あちこちに足を延ばしていることだけは、一目で分かった。

「ありがと～。ツアコンにドライバー付きの車まであるなんて最高！」

学生時代は、飛驒《ひだ》高山《たかやま》の出身という田舎臭さが一目で分かる輿だったが、今ではすっかり東京顔になっている。

「リゾートを満喫させてくれるって言うんだから安いものよ」

観光地に居住する者は大抵そうかもしれないが、生活のために住んでいるとその土地でゆったりしようなどとは考えない。斑尾も、沖縄が長くなっていたが、リゾートホテルに泊まったことなどなかった。溝ノ口の随行で、レセプションなどのために行ったことがあるだけだ。

「女性ペア歓迎っていうプランがあったのよ～」

旅慣れた輿は、クーポンやら特典をうまく活用している。今回は、一人分の料金でペア宿泊ができるというリゾートホテルを見つけたらしい。こうしたプランを駆使するためにも、彼女は、各地をそれぞれのオフシーズンに飛び回っている。斑尾は、そのリゾートホテル泊まりを餌《えさ》に、案内と車を出すように頼まれていた。

「まずは食事にする？」

ちょうど昼前に到着する便だった。

「沖縄料理！　と言いたいところなんだけど、ドタバタしていて朝ご飯を食べてないのよ。肉食獣の気分」

「あ〜、それなら」

斑尾は、昼にも営業していたかなと思い返す。戦後の沖縄には駐留米軍相手の店が多く営業していた。ステーキハウスもその一つで、今では老舗《しにせ》のステーキハウスが、観光地にもなっている。那覇市の中心部にも、そうした店があった。ただ、昼に営業していたかどうかはうろ覚えだ。ハイシーズンなら大丈夫だろうが、今は要確認。スマホでチェックして輿に提案する。

「ステーキにする？　有名なところがあるよ」

「いいねぇ。肉！」

空港のターミナルビルを出て、隣の駐車場で車に乗り込んだ。助手席に人を乗せるのは久しぶりだった。日差しはさほどではなくなっていたが、それでも見つめる路面はまばゆい。斑尾は、ハンドルを握り、目を細めながら話しかけた。

「私が東京に行った時以来だね。変わりはない？」

「ないない。な〜んにもない。玲於奈もまだ秘書みたいな仕事なんでしょ？」

前回輿に会ったのは、副官業務の関連で埼玉《さいたま》にある入間《いるま》基地に単独出張した時だった。副官に就いてから二ヶ月ほどの時だ。

「仕事は変わらないよ。秘書みたいな副官ね。やっていることは変わらない。でも、最近なんだか変わった、というか自分が変わってきたような気がしてる」

「え、男ができた？」

全くそう思っていそうにない口ぶりだ。輿のからかいを無視して答える。

「自分の立っている場所が分かってきた感じ。学生だった時は、みんなと同じだったのに、今は全然違う場所に立っている。ほら、東京で会ったときに、普通に会社に入ったみんなとは、ずいぶん違ってきていたことに驚いてたでしょ。それは自覚していたけど、同時に、それがなじんできたというか、ここが自分の居場所なんだって自信を持って言えるようになってきた感じかな」

斑尾は輿や他の同窓生と再会した単独出張を思い出した。あれは、まだ副官業務に慣れず、日々目を回していた頃だった。

＊

斑尾は、自分の席でパソコンの画面をのぞき込みながら、眉根《まゆね》を寄せていた。

「これで、午後からの準備は大丈夫です。幕僚《ばくりよう》の対応は見ておきますから、副官は次の視察の調整でもしておいて下さい」

部下ではあるが、副官業務については先輩とも言える村内のアドバイス、というかほとんど指示を受けながら、斑尾は、次々と押し寄せる慣れない業務に追われていた。そこに、幕僚の一人がやってくる。

「副官はいるかな？」

運用課の幕僚だったように記憶していたが、名前が思い出せない。細身で名札には「小《こ》森《もり》」と書かれている。階級は一尉《いちい》。飛行訓練担当だったはず。

「はい、なんでしょうか？」

「調整を頼まれていたチャンバーなんだけど、キャンセルが出た。急だけど、再来週の金曜ならねじ込める。どうする？」

「チャンバーって航空生理訓練ですよね？」

通称チャンバーと呼ばれる航空生理訓練は、戦闘機やT－4などの練習機に乗るために必要な訓練だ。前任の副官だった前崎《まえざき》一尉からも「必要になるかは分からないけど、受けておいた方がいい」と言われている。司令官がT－4で移動するケースもあるからだ。その場合、副官は予備機として運行されるもう一機の機体に搭乗し、移動するという。

「そう。場所は入間。朝から始まるから木曜移動が必要になる」

特殊な訓練機材が必要なため、訓練を行える場所は限られている。現役のパイロットも定期的な再訓練が義務づけられているため、なかなかスケジュールが空かないらしい。それでも、副官は優先してもらえるらしく、キャンセルが出ればそこに入れてもらえるように頼んであった。訓練には、丸一日かかると聞いていた。

「か、確認して回答します」

今日は火曜日だ。再来週の木曜に那覇から入間まで移動し、金曜に訓練、土日は入間の外来宿舎で過ごし、月曜に帰ってくることになる。土日はカウントしないとしても三日も業務を空けなければならない。司令官の溝ノ口や幕僚長馬橋の了承が必要だったし、それ以前に副官付や総務課とも調整が必要だった。

まだ慣れない中での調整だったため、それこそ脂汗をかきながら走り回った。馬橋が「民航機を使って土曜に帰って来た方がいいんじゃないか？」と言ったことで、更に走り回る結果となった。しかし、溝ノ口は逆に月曜に戻ってくれば十分と言ったことで、斑尾が当初考えた通り、空自定期便での移動となった。

空自の基地間は、輸送航空隊が訓練を兼ねて定期便として輸送機を飛ばしている。一日で入間まで移動することは可能だったが、直行便などあるはずもない。九州の春日基地などを経由するため、移動だけで丸一日必要だった。

訓練は金曜日だけだったが、木曜も週明けの月曜も輸送機に乗り込み、貨物の横で小さくなっていなければならない。

小森に「調整できました。キャンセルの出た再来週のチャンバーに参加でお願いします」と電話し、やっとほっと一息吐《つ》いたものの、それでドタバタは終わらなかった。

翌日水曜の朝、溝ノ口を出迎えた司令官車の車内で、意外な事を言われたからだ。

「副官、チャンバーの件だが、金土日は入間インで泊まりの予定だろう？」

入間インというのは入間基地の外来宿舎だ。通称ではなく正式な名称。航空自衛隊基地の外来宿舎の中で、最も使用されることが多い外来宿舎なため、四階建ての立派な宿舎が建てられている。

「はい。その予定です。何かございますか？」

出張中とはいえ、土日は休日としてカウントされている。那覇勤務になってから、東京には行っていなかった。せっかくだから羽を伸ばそうと考えていた。何か、命じられることがあるのだろうかと懸念を抱く。隣でハンドルを握る守本も、正面を向いたまま目を細めていた。

「悪いんだが、私の家に寄ってくれないか」

溝ノ口の家は千葉《ちば》の船橋《ふなばし》にある。溝ノ口の着任時に沖縄に来ていた溝ノ口の妻、早苗《さなえ》と大学生の次男が住んでいるはずだ。社会人となった長男は家を出ているという。羽を伸ばすついでに、ちょっと足を延ばせばいいだけだ。

「分かりました。東京に出ようと思っていたので、寄るように致します。何を持って行けば良いのでしょうか？」

「いや、そうではなく、早苗が遊びに来なさいと言っている」

「へ？」

予想外の言葉に、間抜けな声がでてしまう。早苗とは彼女が沖縄に来た時に面識を持った。しかし、斑尾は溝ノ口の副官というだけで、早苗の友達ではない。むしろ、副官として溝ノ口に仕えている以上、恐れ多いことだった。

「先日の礼をしたい……と言っているが、上の子が家を出ているし、下の子も男だから大学生ともなれば外で遊ぶ方が忙しい。母親としては寂しいようだ。私も単身赴任だしな。悪いが遊びに行って欲しい」

正直に言えば遠慮したかったが、そうも言えない。溝ノ口もそれは分かっているようだ。だから頼み事の体裁なのだろう。とは言え、やはり腰が引ける。

「私が行ってよろしいのでしょうか？」

「これも仕事だと思ってがまんしてくれ。こっちの様子も聞きたいのだろう」

そう言われてしまうと、斑尾には断れなかった。あの時から一ヶ月ほどしか経過していない。報告するネタはこれと言ってなさそうだが、世間話として溝ノ口の話をしてくれば良いだろう。

「分かりました。土産話を持って行ってきます」

「必要以上に話す必要はないぞ」

そう釘《くぎ》を刺された上で、細かいことは早苗と話してくれと言われた。大学時代の友人とは、金曜の夜に会う約束をしたので、土曜か日曜に行けば良いかと思ったら、電話で話した早苗に「泊まって行きなさい」と言われてしまった。

問題にならないか気になったため、副官業務を監督する馬橋に報告したら「特に問題ないだろう」と言われた。副官経験者でもある目黒には「仕える司令官宅に行くことは珍しくない。私も行ったことがある。司令官の不在時に行く話は聞いたことがないが、多分前例もあるんじゃないか」と言われた。基本的に休暇扱いの土日での行動なため、余分な官費を使うことでもなく、柔軟に動いて問題ないようだ。

夜に眠れるか怪しかったが、土曜の午後に訪問して、日曜に入間に戻るスケジュールを立てた。

＊

これも昔取った杵柄《きねづか》と呼ぶべきなのかと考えながら、斑尾はたたんだ毛布を見た。

「久しぶりでも、ちゃんとバウムクーヘンになるもんだね」

幹部候補生学校で叩《たた》き込まれ、その後は術科学校の入校中や移動しての訓練で外来宿舎に泊まった時くらいしか、自衛隊式の寝具の片付けを行うことはない。それでも、身に染みついた技術は、衰えていなかった。毛布は濃いクリーム色なので、畳んだ毛布の端がバウムクーヘンのように見えている。

入間インの部屋は、基本的に四人部屋だったが、混んでいない限り、他の使用者と相部屋になることはない。斑尾は、使ったベッドを元の通りに整えると、部屋を出て一階に降りた。

「使用済」と書かれた札のついたシーツカゴに使用したシーツを放《ほう》り込み、部屋の鍵《かぎ》をカウンターに置く。入間インは、使用する外来者が多いのでホテルのようなカウンターがしつらえられている。しかし、朝は鍵を返すだけなので基本的に無人だ。訪れた時には、基地の外来係が予約情報と照らし合わせて鍵を渡してくれる。

入間インを出て基地内にある踏切を渡る。航空祭の時に訪れた一般者がその存在に驚くものだ。基地のど真ん中を西武《せいぶ》線が貫いているため、基地内に踏切がある。斑尾は眠い目をこすりながら航空医学実験隊に向かっていた。少し距離があったが、当然徒歩である。

入間インは快適だったが、官用機での移動は体内時計にとってよろしくない。輸送機の内部は、機種によっても多少の違いはあるものの、基本的に狭く暗い。座席は横向きで、ビーチチェアのような網状の化学繊維の椅子《いす》なので座り心地も良くない。

本を読んだり、機内モードにしたスマホを触っている者もいるが、斑尾は他の多くの乗客と同じように目をつむってうとうとしていた。丸一日そんな状態で過ごしたため、夜になってもよく眠れなかった。

航空医学実験隊の建物はまだ新しかった。以前は立川《たちかわ》基地にあったが、二〇〇六年に入間基地に移動していた。一部の機能は二〇二二年に移転してきたばかりなので、真新しい部分もある。入口をくぐると、張り紙が掲示されていた。航空生理訓練参加者への案内だった。

その案内に従って第二教場に入ると、まだ人影はまばらだった。徐々に人が集まり、ざわついてくるものの、知っている者が一人もいないので居心地が悪い。

航空生理訓練は、航空自衛隊の航空機に搭乗する場合に、事前に受けなければならない訓練だ。ただし、斑尾が入間まで定期便に乗ったように、大型機に単なる乗客として乗る場合は必要ない。その定期便を操縦していたり、ロードマスターなどとして乗務していた隊員は、この訓練を受けている。斑尾の同期でパイロットコースに行った者は、当然この訓練を受けているが、彼らが再訓練を受けるのはもう少し先だった。

斑尾のように、訓練機のT－4などの後席に、同乗者として搭乗する目的でこの訓練を受ける者も少数だがいる。早めに航空生理訓練を受けるべきだと申し送っていた前任副官の前崎のように、航空機整備を行う者も、テストフライトに同乗するために訓練を受けているケースがある。しかし、訓練参加者の大多数は、パイロットなど、何らかの形で日常的に航空機に乗務する隊員だ。副官になるまでは地対空ミサイル部隊勤務だった斑尾との接点は少なかった。

休憩時間になっても寂しい一日になりそうだと思っていると、前方の扉から入ってきた顔に驚かされた。

『豊富《とよとみ》さん⁉』

斑尾が自衛隊入隊直後、幹部候補生学校に入校していた時に、部内幹部候補生として入校していたWAF《ワッフ》（女性自衛官）だった。確か、航空医学実験隊から部内幹部になったと言っていた。異動になるだろうと言っていたが、特殊な知識技能が必要な部隊なので、戻って来たのかもしれない。

斑尾が目配せすると、彼女も気がついたようで、にっこりと笑い返してきた。少しふくよかな顔立ちが、彼女の優しい性格と合っている。幹部候補生学校の訓練でへばっていると、「これ食べて」と言って、よく飴《あめ》をくれたことを思い出した。

「航空医学実験隊にようこそ。今日の訓練を担当する豊富三尉《さんい》です」

彼女は、そう言ってから出席を取った。参加者は、全国各地から集まっている。到着していない者がいないか、チェックは必須《ひっす》なのだろう。

航空生理訓練のメインと言える低圧訓練を行うための器材は、全国に三カ所しか設置されていない。入間の他は、浜松《はままつ》と築城だ。沖縄からなら、どちらも入間より近かったが、入間の器材が最も大きいため、キャンセル待ちが出る可能性も入間が一番高かった。

午前中は座学だ。プレゼンテーションソフトを使い、豊富が柔らかな声を響かせた。

「エベレストの山頂でさえ、空気は薄く、無酸素登頂は至難の業です。現代の航空機は、そのエベレストを優に超える高度を当たり前に飛行します。三〇〇〇〇フィートという数字に慣れてしまっている人が多いと思いますが、これは人間が生きてゆける高度ではないということを、改めて認識して欲しいと思います」

　国内の都市を結ぶ旅客機でも、一万メートル以上の高度で飛ぶことは珍しくない。その高度でも快適な空の旅を過ごせるよう、旅客機では機内が与圧されている。実は、与圧されていても、機内の気圧は、地上と比べればかなり低い。それでも健康状態の人であれば、普通に過ごせる程度には気圧を高めてある。

　しかし、自衛隊機に限らず軍用機は違う。機種によっても異なるが、高い与圧性能は機体のコストを押し上げる。そして、何よりも被弾時の危険性を増加させる。

　御巣《おす》鷹山《たかやま》に墜落した日本航空一二三便墜落事故では、後部圧力隔壁の破損が墜落の原因となった。客室内の与圧された空気の圧力で隔壁が破断し、爆発が起きたような状況が発生した。それが機体後部を激しく破壊した結果、墜落に至っている。軍用機で旅客機レベルの与圧を行えば、小さな損傷が、与圧された空気によって、大きなダメージにつながってしまうかもしれない。

　そのため、自衛隊機の与圧は抑えられている。特に、戦闘機やジェットエンジンを装備した練習機では、最小限の与圧しかされていない。最大限に上昇しても、体温で血液が沸騰しない程度だ。その程度にしか与圧されていないため、そのままでは酸素が欠乏する。戦闘機のパイロットが不気味にも見えるマスクを着けるのは、一〇〇パーセント酸素を呼吸することで、命を保つためだ。

「ちなみに、アメリカの領土上空を領空侵犯した気球を、F－22が撃墜した際、機体は高度五八〇〇〇フィート、成層圏まで上昇しています。気圧は地上の八パーセント程度しかありません。それでも、与圧と加圧呼吸機能を使用すれば問題ありません」

豊富は、そうした航空機搭乗に伴う低圧環境と、その環境が人体に与える影響を教えてくれた。その上で、マスクを繋《つな》げる酸素供給装置の操作方法についても教えてくれる。

「午後に予定されている低圧訓練では、この装置の操作は皆さん自身に行ってもらいます。今説明したように、装置が適切に作動しないと酸素が供給されず死にます。死の危険性があるとか、死ぬかもしれないということではありません。確実に死にます」

そんな説明を受けると、寝不足だったことなど関係がなくなる。

「訓練中、自身でOBOGS《オボグス》の操作を行ってもらうのは、実際に飛行する際にも、自分自身で行わなければならないからです」

OBOGSは、On-Board Oxygen Generating Systemを略したもので、日本語では機上酸素発生装置と呼ばれる。ジェットエンジンが作り出す高圧空気の一部を利用し、酸素だけを取り出す装置だ。古い航空機では、ボンベに液体酸素を充塡《じゅうてん》し、使用していた。しかし、液体酸素自体が非常に危険で、取り扱いも大変なため最近の航空機はOBOGSを装備している。

ＯＢＯＧＳに繋がるレギュレータの操作パネルは、それぞれの座席に備えられている。そこに酸素マスクから延びるホースを繋げる。

「操縦者の方はもちろんですし、同乗者でも同じですよ。後席に同乗しかしないとしても、空の上では誰《だれ》も手伝えないですからね」

豊富は、そう言って斑尾を見た。今日の訓練参加者の内、同乗者資格として訓練を受けているのは斑尾だけだった。斑尾は、コクコクと首を縦に振って見せた。もちろん真剣に聞いている。しかし、乗り込むときには、整備員が手伝ってくれるだろうとは思っていた。その後の話で、離陸してからも操作が必要な場合があることを教えられた。これを聞かせるために先に釘を刺したのだろう。

休憩時間になったので、演台で次の準備を行っていた豊富の下に向かった。

「お久しぶりです。ここが原隊だって言ってましたが、異動するはずじゃなかったんですか？」

「異動したけど、また戻ってきたのよ」

「そうでしたか」

彼女は、看護師の資格も持っていて、幹部に任官してから、三沢の自衛隊病院に異動したものの、また戻ってきたらしい。

それぞれの近況を話している内に、休憩時間が終わり、また座学が再開になる。

「今日は、午後も私が教官だから、何か分からないことがあれば気軽に聞いてね」

そう言われたが、わざわざ航空医学実験隊に戻ってきた豊富の授業は分かりやすかった。真剣に聞いていたせいもあって、特に疑問は湧《わ》かないまま午前の授業が終わる。

「お昼は食べ過ぎないように気を付けて下さい。慣れない人は、炭酸も飲まない方がいいと思います」

後半は斑尾への助言だろう。理由は想像できた。低圧環境になれば体内の気体が膨張し、ゲップやおならがでる。我慢しすぎれば危険だ。特に危険なのはゲップだ。マスクをした状態で、気体以外の胃の内容物が出れば、最悪窒息の恐れもある。

そんな脅しを聞かされた上で昼食に向かった。

＊

斑尾は、スマホの地図から視線を上げ、看板を探した。

「あった！『カタルーニャ』ここだね」

さほど洒落《しゃれ》てはいないが、小ぎれいな店だった。スペイン料理を出す居酒屋だ。店内は、そこそこ賑《にぎ》わっていた。店員に予約していた大学同期の名前を告げると、衝立《ついたて》に囲まれた奥の一角に案内される。衝立は、木製の透かし彫りがされたものだったが、感染防止のためか、透明のビニールがかけられていた。せっかくの雰囲気がぶちこわしだったが仕方ない。

「こんばんわぁ」

「秘書様来た～」

斑尾が声をかけると、一斉に歓迎の声が上がった。大学の同期と会うのは卒業以来だ。斑尾にとっても懐かしい顔が並んでいる。

「ワインでいい？」

入間から都内に出てきた斑尾が最後だったようで、既にワインのボトルが開けられていた。柔らかな香りが漂う赤だ。魅力的に思えたが、右耳を押さえて思案する。記憶の中で、豊富のふんわりした声が響いた。

『今日はあまり飲まないように。特に初めての方は気をつけて下さい。普段より酔い易《やす》くなっている可能性があります。それに、内耳に一〇〇パーセント酸素が残っているので、炎症を起こすかもしれません。アルコールが入ると悪化する可能性もあります』

純酸素を呼吸しながら、航空機の上昇、下降をシミュレートした大きな気圧変化に晒《さら》された。上昇、つまり減圧する際には、口を大きく開けたり閉めたりする事で、内耳内の空気は容易に出て行く。しかし、下降、気圧としては加圧される際には、必ずしも内耳にうまく空気が入ってくれない。その時には、鼻をつまんで息を吐く動作をすることで、内耳に空気を送り込んでやる。耳抜きと言われる動作だ。訓練中は何度も耳抜きをした。その結果、内耳も酸素で満たされているという。酸素は、人間にとって欠くことのできない大切なものだが、体を酸化させる毒でもある。訓練の終了後、何度か意図的に耳抜きをしたので、もう内耳内には通常の空気が入っているはずだ。それでも、内耳内は酸素濃度が高い可能性がある。酷《ひど》い場合は、内耳炎になることもあるらしい。

「とりあえずビールにしとく。様子みて大丈夫そうならワインをもらうよ」

何度も耳抜きをしたことによるダメージもあるだろうが、右耳が少し痛んだ。

「どしたの？」

座った席の隣にいた輿が、怪訝《けげん》な顔を見せていた。

「訓練のためにこっち、埼玉の入間基地に来たんだけど、耳を痛めたかもしれないの」

「鉄砲でも撃ったの？」

耳を痛めたと言ったので、大きな音に晒されたと思ったようだ。

「違う違う」

否定したが、航空生理訓練がどういうものなのか、一言で説明するのは難しい。

「上空を飛んでいるときに事故があった場合を想定した体験訓練みたいなのを受けてきた。民航機でも、上空で異常事態になると黄色い酸素マスクが降りてくるでしょ。あんな感じの訓練」

「民航機……普通、そんな言い方しないよ～」

シャバの人にも分かりやすいようにと思って話したつもりが、周囲の同期に笑われてしまった。自分でも、感覚が一般とずれてきていることは感じている。

とは言え、人から言われると腹が立つ。斑尾が口をへの字にして向き直ると輿から問いかけられた。

「マスクが出てくるのは、酸素がなくなるからだっけ？」

運ばれてきたビールで喉《のど》を潤してから答える。

「正確には、酸素がなくなるんじゃなくて気圧が下がるの。訓練では、チャンバーっていう大きな真空タンクに入って、空気を抜くのよ」

「死んじゃうじゃん！」

輿は、科学には強くない。

「死なないように酸素マスクを着けるの。それも、旅客機の壁に突然穴が空いた時と同じように、急に気圧が下がる状況も体験したよ。『ドンッ』って爆弾のような音がしたし、ビックリした」

細かいことを説明しても理解してもらえそうにない。機体破損に伴う急減圧の訓練は、実際にはもっと恐ろしいものだった。

訓練装置であるチャンバーの低圧室は二室に分かれている。訓練参加者が入っているのとは別の低圧室を真空近くまで減圧し、二室を隔てているバルブを急に開けることで、訓練参加者がいる低圧室内を急減圧させる。

実際、かなり大きな音がしたため、身構えていても驚いた。だが、それは単に音に驚いたというだけではなかった。豊富から、たっぷりと脅されていたことも影響していた。

『急減圧の際には、息を止めないようにして下さい。自然と息を吐き出すように。周囲が減圧するため、結果的に肺の中の空気が膨張します。無理に息を止め続けると肺を損傷します』

そんなことを言われていたから、急減圧が起きる前から心臓はバクバクしていた。急減圧が起き、急速な気圧降下に伴い、気圧と温度が下がったことで霧が発生し、視界は真っ白になった。同時に、豊富に言われていた通り、肺の中から息を吐き出す努力をすることなしに、空気が飛び出してきた。注意されていなかったら、思わず息を止めてしまったかもしれない。

「そっか〜。事故が起きた時のための体験訓練だったんだ」

「事故もあるけど、攻撃を受けて機体が損傷した時のためね」

斑尾は、何気なく訓練の想定を話しただけだったが、興は目を丸くしていた。手にしていたワイングラスを、静かにテーブルに置いて視線を落とす。

「自衛隊だもんね……」

「そうね。でも、急減圧の前に、機体の上昇や下降に伴って気圧が変わる体験をして、自分の体にどんな変化が起きるかも分かってたから、ちゃんと対応もできたよ」

斑尾は大丈夫だったが、少し前にコロナに罹患《りかん》したという訓練参加者が、耳抜きがうまくできず、耳の痛みに苦労していた。

「それに、マスクの装着がちゃんとできていなかったり、装置が壊れて酸素が供給されなかった場合にどうなるかも体験させてもらった」

「どうなるの？」

珍しい話だからだろう。輿だけでなく、他の友人も食いついてきた。

「上空に上がったときと同じ低圧の状態で、わざと酸素マスクを外すの」

「苦しいでしょ！」

輿は、またしても目を見開いている。

「苦しくはないよ。息ができなくて苦しいのは、酸素が足りないせいじゃなくて血中、血液の中に二酸化炭素が増えるからなんだって」

午前の講義で豊富が教えてくれたことだった。

「気圧が低くても、呼吸ができれば二酸化炭素は吐き出せるから苦しくはないの。でも、酸素がないから、唇が青くなったり頰《ほお》が熱くなったように感じたりする」

いわゆるチアノーゼの症状だ。病気によるチアノーゼと異なり、低圧環境では二酸化炭素の排出ができるため苦しさは感じず、むしろ心地よく思えるほどだ。

低圧による低酸素症では、自覚症状の個人差が大きいらしい。熱感、発汗、視野狭窄《きょうさく》、多幸感など様々な症状がでる。コロナで話題にされることも多い血中酸素濃度計を装着して訓練に臨むため、自分の血中酸素濃度が見る間に下がっていくという貴重な体験ができた。低酸素状態で発生する個人差の大きな自覚症状を確認させるための訓練でもあるそうだ。ただ、全《すべ》ての者に共通の症状もある。ただし、自覚症状はない。

「それだけじゃないよ。九九九から、一ずつ引いて、九九八、九九七って書いていく計算問題をやらされるんだけど、ガンガン計算を続けている最中に、途中で止《や》めさせられて酸素マスクを着けさせられるの。『まだまだ計算できるのに！』って思って自分の計算結果を見てビックリしたよ。途中からメチャクチャな数字が書いてあったし、最後は計算でさえなくて、ミミズがはったような状態だった。自分ではちゃんと計算していたつもりだったんだけどねぇ」

斑尾がそう言って笑うと、輿は怪訝な顔をしていた。

「どおいうこと？」

よく分かっていなかったようだ。

「あ～、低酸素症で頭がまともに働いてなかったってことよ」

「低酸素症……自衛隊って、そんな訓練もするんだね。危なくないの？」

「危なくはないよ。低酸素症っていっても、ほんの短い時間だし、酸素マスクを着ければすぐに自分の計算がメチャクチャだったって分かったからね。回復したってこと。まあ、訓練指導している人から言われても酸素マスクを着けずにいたら死んでたけど」

斑尾は、冗談のつもりで答えた。ただ、嘘《うそ》は言っていない。豊富がマスクを着けるように言わなければ、斑尾はイカレた頭でハッピーを感じながら死んでいたはずだ。

「死んでたって……危ないよ！」

輿の目は真剣だった。斑尾は「大丈夫だって」と返そうとした言葉を飲み込んだ。斑尾は、管理された危険だから、特に危険とは感じていなかった。ただ、その感覚は、大学の同期だけでなく世間一般、シャバの人とは共有できないものだろう。斑尾自身も、大学時代だったらそう感じていたかもしれない。いつの間にか、斑尾の方が変わっていたのだ。輿の瞳《ひとみ》に、その事実が映っていた。

斑尾は、そんなことを意識していなかったが、あれほど仲が良かった大学時代の友人との間にも、距離ができてしまっていた。溝があるということとは少し違う。ただ、住んでいる世界が違ってしまっていた。

＊

翌日の午後、斑尾は、西船橋《にしふなばし》駅で地下鉄東西《とうざい》線を降りると、駅構内の売店でドリンクを買った。列車に乗り込む前に、入間基地近くの稲荷山《いなりやま》公園駅で二本も買ったスポーツドリンクは、両方とも飲み干してしまっている。

これほど痛飲したのは久しぶりだった。ビールを口にした後でも、耳の痛みがさほどではなかったこともあり、久しぶりに見る顔は、豊富の注意をすっかり忘れさせてしまった。頭痛はそのツケだ。

朝食にはもちろん行っていない。昼食を知らせるラッパの放送で目覚めたものの、とても食べる気にはならず、昼も、入間インからすぐ近くにある隊員食堂に行かなかった。

今日三本目のスポーツドリンクとゼリー飲料を手に西船橋駅を出ると、ゼリーを吸いながらスマホの地図で溝ノ口の家を探した。頭の痛みこそ残っていたが、空腹を感じる程度には回復できた。

航空自衛官の幹部が東京の郊外に家を買う場合、職種によって地域差ができる。もちろん、関東出身者は、実家の近くに住んだり、趣味を優先して職種関係なしに家を構える者も少なくないが、キャリアの中で配置されそうな基地を考慮して家を建てることが多いため、家の場所が職種によって偏るのだ。

F－15のパイロットだった溝ノ口は、関東近傍で部隊勤務をするなら百里《ひゃくり》基地だった。陸の孤島百里は、茨城《いばらき》空港が開設されたとは言え、新たな鉄道までは引かれていない。直近の駅は石岡《いしおか》駅になるため、鉄道は常磐《じょうばん》線を使うことになる。空幕のある市《いち》ヶ谷《や》勤務も確実にあるため、柏《かしわ》や松戸《まつど》、それに船橋あたりに居を構える戦闘機パイロットは少なくない。もっとも、中国の台頭など情勢変化のあおりを受け、現在の百里配備戦闘機はＦ－２に変わってしまっていた。

溝ノ口は、西船橋に家があった。入間からだと、一旦《いったん》都心に出ることになる。斑尾は、池袋《いけぶくろ》で丸《まる》ノ内《うち》線、大手町《おおてまち》で東西線に乗り換えていた。

溝ノ口から持たされたお土産と自分で買ったお土産を紙袋に入れ、住宅街を歩く。駅から五分ほどで到着した。インターホンのブザーを押すと、玄関ドアが開く。

「いらっしゃい。待ってたのよ」

エプロンをしていても、上品なマダム然とした早苗が顔を出した。

＊

リビングで紅茶とケーキをごちそうになる。落ち着いた感じの木製テーブルには、レース編みのテーブル掛けが敷かれ、その上にガラスの天板が置かれていた。レース編みは、早苗の作だそうだ。気の遠くなるような時間を掛けて編んだに違いなかった。斑尾には、到底真似《まね》できそうにない。

視線を巡らすと、壁には若かりし溝ノ口が、まだ部隊勤務していたころの写真が飾られていた。Ｆ－15を背景にしたものが多かったが、同僚と並んでいるものも多い。その中には、直接会ったことはないものの、写真で顔は知っている高級幹部自衛官も混じっている。サイドボードには、サッカーと陸上競技のトロフィーが並んでいた。溝ノ口本人の名前ではない。息子さんのものだろう。

「様子はどうかしら？」

話題は当然、溝ノ口のことだった。

「忙しいです。副官という役職がある理由が分かりました。司令官を、最大限に働かせるためにあるんだなって」

階級が高いから、司令官だから……副官に補職される前は、斑尾も漠然とそう考えていた。しかし、実際に副官として仕事を始めると、司令官という仕事は、一切脇見《わきみ》を許されず、長距離運転を続けさせられるドライバーのようなものだった。MR《エムアール》では、報告という形で立て続けに情報をたたき込まれ、ひっきりなしに訪れる幕僚からは、絶え間なく決断を要求される。よそ事を考える暇など全くない。

その環境を作っているのが副官だった。副官が雑事を引き受けることで、司令官を最大限働かせる。

「沖縄でも、やっぱりそうなのね。休日は休めているの？」

「着任直後だったからというのもあると思いますが、ずっとあちこちに呼ばれていて、先週、やっと日曜だけ休めました。遠出ができないので、運動を兼ねて市内を歩いてまわったそうです。懐かしかったんだと思いますが、いいリフレッシュになったみたいです。丸一日歩いていたらしく、さすがに翌日は筋肉痛だって言ってました」

指揮官クラスは、非常事態に対応できるよう、課業外や休日も行動の制限を受ける。副指揮官がいる役職では、最低でもどちらかが緊急対応できる態勢を維持している。休日でも、目黒と調整しなければ、県北部に足を延ばすことさえできなかった。

「そう。ずっと沖縄に行きたいと言っていたんだから仕方ないわね。体だけは壊さないように、よろしくお願いいね」

「はい」

そう答えても、顔色を見るくらいしかできないが、考えてみれば夫婦であっても同じようなものだ。むしろストレス源になる仕事上の問題を確認できるだけ、夫婦よりも不調の兆候に気づきやすいかもしれない。

ゼリーだけでは足りなかったカロリーをケーキで補ったので元気も出てきた。夕食の準備を始めるという早苗とキッチンに並んで立つ。息子が二人なこともあり、いっしょに料理を作った経験はないらしい。斑尾の手もあてにしていたようで、メニューは手のかかる料理だった。太巻き寿司《ずし》にブリ大根だ。包丁を握る早苗は笑顔だった。

早苗と共に、手だけでなく口も動かす。

「最近はそうでもなくなったけど、あの人昔はよく食べたのよ」

「今は、むしろ摂取カロリーを気にされています。基地での喫食の時、パイロットなので航空加給食が出ますが、カロリーの多い加給食の時は、食べずに残してます」

初めての時、食堂の出口でプリンを手渡されて驚いた。司令官が加給食を持って歩くのは見栄えが悪いので、斑尾が持たされたのだ。カロリー過多になることを警戒してなので、そういう場合、最終的に三和の腹に入ることもある。

「体重が増えると、大変だって言ってたわ」

戦闘機は、時には重力の九倍もの加速度《G》がかかる。体重が五キロ増えていれば、四五キロも増えたようなものだ。

「そうだと思います」

自衛官の勤務は過酷だ。昨日の訓練で改めて思い知った。溝ノ口が毎日のように乗っていたF－15は、戦闘などせずともマスクをせずに飛んだだけで、搭乗者が死亡するような代物なのだ。

OBOGSなど、酸素を供給する装置が故障しても、それだけで危険だった。実際、戦闘機の墜落事故ではOBOGSが原因だったと言われているものもある。

しかも、不調が起きた時には酸素が欠乏し、簡単な計算さえできなくなる。緊急降下など必要な措置が採られなければ、眠るように意識を失い、結果として墜落する。機種によっては、自動地面衝突回避支援システムを備えるものもあるが、それで助かっても、意識を失うような酸素欠乏は、後遺障害を引き起こすことも多い。

お見合いで結婚し、自衛官というものをよく知らないまま夫婦となった早苗は、さぞ驚いただろう。

「あの、一つ伺いたいのですが、結婚して驚かなかったですか？　世間一般の常識と自衛官の日常って、ずいぶんと違うところがあると思うのですが……」

「もちろん、最初は驚かされてばかりだったわよ。でも、突然どうしたの？　仕事に疑問でも感じた？」

「いえ、そうではなくて」

斑尾は、大学時代の同期と飲んでいたことを話した。

「友人に、ずいぶんと驚かれました。死ぬ可能性があるような訓練を受けているって。私からすれば、ちゃんと管理された危険で、実際に死ぬ可能性があるような訓練じゃないんです。そのせいもあって、友人に驚かれたことが逆に驚きでした。こんなにも考え方が違うんだって驚いたんです。そのことを思い出して、司令官と奥様が結婚されて、ずいぶん大変だったんじゃないかと思いました」

「そういうこと……」

早苗は、包丁を握った手を止め、昔を思い出すように中空を見つめていた。

「カルチャーショックって言うのかな。驚くことばかりだったわよ。同期の方が亡くなった話は、沖縄に行ったときに話したと思うけど、家、当時は官舎住まいだったけど、そこに同僚の方が集まって飲んでいる時なんて、死んでいてもおかしくない危険な話を笑いながら話してるのよ。海に落ちそうになって、操縦桿《そうじゅうかん》を引いたら目が見えなくなったとか……」

何らかの理由で海面に衝突しそうになり、引き起こしの加速度《G》でブラックアウトしたということだろう。頭部に送られる血液が不足し、目が見えなくなる現象だ。視界が暗くなるためブラックアウトと呼ばれる。そうそう頻繁にあることではないが、聞いて驚くほど稀《まれ》ではないことも事実だ。

「危険な仕事だとは聞いていたけど、当時はテレビに自衛隊が映るなんてこともほどんどなかったし、映るとすれば怪獣映画のやられ役ばっかりで、危険なことに実感がなかったのね。でも、結婚して、そんな人が身近になって、異世界に放り込まれたような感じがしたわ」

斑尾は、しみじみと話す早苗に相づちを打った。

「やはり、大変だったんですね」

「それがね。そうでもないの」

早苗がほほえみを浮かべて否定する。そして、唐突に問いかけられた。

「あなたは大変？」

問いの意味を考える。仕事は大変だが、早苗が聞いているのはそんなことではない。斑尾は、ゆっくりと首を振った。

「忙しいですし、大学時代の友人からは危険に見える仕事かもしれませんが、大変かと言われると……少し疑問です。何だか、慣れちゃいました」

「私もそうよ」

そう言って、早苗は笑顔を浮かべた。

「人間って、思いの外《ほか》適応力があるのね。結構何でも慣れちゃうのよ」

それは、斑尾にとっても同じだったかもしれない。初めて幹部候補生学校のある奈良《なら》基地のゲートをくぐった時の斑尾と今の斑尾では大違いだ。大学時代の友人との間に距離を感じたことにしても、変わったのは斑尾自身の方だ。

「私も、ジエイタイに慣れちゃったんですね……」

斑尾は、苦笑を浮かべて言った。

「そうでしょうね……でも、自分で自衛官になった副官さんと私では、少し違うと思うわよ」

「え？　結婚されたのは、ご自分の意思じゃなかったんですか？」

「そういう意味じゃないわ。私は結婚しただけ。自分自身が自衛官になった訳じゃない。慣れるための環境も違うって事。私が慣れるために、主人が努力してくれたのよ」

「あ、なるほど」

「昔は、テレビに自衛隊が出るとしても報道番組くらいだった。バラエティに自衛隊が出るなんてことはめったになかったし、今みたいに自衛隊を特集するような番組なんて想像することもできなかった。自衛隊の方も、話があっても断っていたんでしょうけどね」

早苗は、大根をかつら剝《む》きする手を止め、何かを思い出したように口元を緩めた。

「だから、珍しかったわよ」

何がだろうか。斑尾も手を止め、続く言葉を待った。

「今は無理だと思うけど、昔は主人について行けば、いつでも基地に入れてもらえたのよ」

「あ、幹部引率ですね」

昔は、自衛隊もセキュリティが緩く、幹部自衛官が引率する部外者は、身分確認されることさえなく基地に入ることができた。

「そうそれ、幹部引率。でね、休日に主人が案内しながら説明してくれたのよ。もちろん、基地の中を車でぐるっと走ってまわっただけだけど、やっぱり自分の目で見ると違うでしょ。その後は、家で話を聞かされても、イメージが湧くから興味を持てたし、楽しく聞くことができたわ」

「そんなことをされてたんですね」

「ええ、航空祭にも行ったけど、航空祭の時は主人も仕事があるでしょ。私一人にかかわってばかりはいられない。私一人だけのためにツアーコンダクターのまねごとをしてくれたのは嬉《うれ》しかったわ。車で回ったからサファリパークみたいだった」

そう言うと、早苗は口をすぼめた。

「でも、酷いのよ。聞いてちょうだい」

もちろん真剣に聞いていた。何かを思い出したのだろう。よほど訴えたいことがあるようだった。

「飛行隊に行った時にね、ついでに職場に置いてあった私物を取ってくると言って、車の中で待っているように言われたの」

それは仕方ないだろう。幹部引率で基地内に連れて行くことはできても、秘匿を要するものが置かれた飛行隊の庁舎の中にまで連れて行くことは問題だ。

「車の助手席に座って待っているだけだから平気だと思ったんだけど、あの人ったら、車を降りるときに『あ、基地内だから警務隊が巡回してる。何をしてるんだと聞かれたら、俺《おれ》に連れてきてもらったと言えばいいから。でも、その時は両手を挙げて抵抗の意思がないことを示しておけよ。でないと、拳銃《けんじゅう》で撃たれるかもしれないからな』なんて言ったのよ！」

「それは……悪質な冗談ですね……」

「今だったら、私だって、そんなのはからかっているだけだって分かるわよ。でも、まだ自衛隊に慣れてないからって、案内してもらった時のことなのよ。分かる訳ないじゃない。もう、怖くなっちゃって、早くあの人が戻ってくるように祈ってたのに、ちっとも戻ってこないの。私は泣きそうだったのに、当直の人と話し込んでたらしいのよ」

今でも腹が立つようで、早苗は見事にふくれっ面だった。斑尾は、苦笑を返すしかできない。それでも、早苗は思い出とともに怒りを披瀝《ひれき》したためか、ふっと息を吐くと、それまでどおりの落ち着いた声に戻った。

「でも、全然知らなかった自衛隊に思いの外早く慣れたのは、そうして私の無理解に情報を詰め込んでくれたからかな。官舎住まいだったから、近所の人と話す話題も子供の話と自衛隊のことばっかりだったこともあるとおもうけど」

早苗は、その時の事をずいぶんと鮮明に覚えているようだ。溝ノ口は、彼女に早く慣れてもらうため、結構努力したに違いない。

彼女は、再び手を動かし始めた。その幸せそうな横顔がまぶしかった。

*

「ということがあって、それを、司令官に話したのよ」

斑尾は、高速道で車を走らせながら助手席に座る輿に言った。沖縄自動車道は、市街地を避け、林の中を切り開いて通してある場所が多い。冬が近づいてきたこの時期でも、車窓を流れる景色は、鮮やかな緑とまぶしい空の青だ。

「へぇ。何だか普通の秘書以上にプライベートにまで関《かか》わるんだね」

「そうだね。そういう点では秘書以上だろうね。昔の自衛隊では今以上だったらしいし、戦時中の旧日本軍だと、もっとだったみたい。切腹する司令官の介錯《かいしゃく》として拳銃で撃ったり……」

「ちょっとぉ」

輿が抗議の叫びを上げる。基地内を案内した早苗に、ちょっとだけ意地悪をした溝ノ口の気持ちが少しだけ分かるような気がした。車の振動と慣れない話で少し眠そうな彼女には、いい刺激のはずだ。

「今は、さすがにそんなことはない……はずだよ」

しかし、もし司令官が自害するような事態になれば、介錯は副官の責任のような気もする。とは言え、そこまで輿を引かせる必要はない。

「でね、友人が沖縄に来るって話をしたら、案内してやりなさいって。実は、元々の予定では今日も仕事だったんだよね。今頃、司令官は那覇市内のホテルで講演をしているはず。随行って言って、ついて行かなければいけなかったの」

「へぇ。その随行とやらよりも、私の案内をするっていうのは、奥さんに基地の中を案内したことと同じことをしなさいって意味なのかな？」

「そこまでの意味はなかったと思う。単に友達を大切にしろってことだと思うよ。瀬長島《せながじま》や道の駅かでなを案内するのは私の考え。せっかく来てもらうんだから、沖縄を見るだけじゃなくて、私の仕事も知って帰ってよってこと」

那覇市内の老舗ステーキハウス、ジャッキーステーキハウスで昼食を取った後、高速道路に乗る前に、基地の南にある瀬長島に寄った。基地内を見渡すには、絶好の場所だからだ。それに、豊見城《とみぐすく》・名嘉地《なかち》インターチェンジも近い。

今日の目的地は、沖縄本島北部、名護《なご》市内にあるリゾートホテルだ。そこに行く前に、高速を途中で降り、嘉手納基地を一望できる道の駅かでなにも寄る予定だった。道の駅かでなには、展望フロアが設けられている。場所は、以前から基地内が見えることから観光スポットや米軍反対運動の場所ともなっていた安保《あんぽ》の丘のすぐ近くだ。

「ホント、玲於奈も変わったわよねぇ」

「そうかもね。うん、そう。空港に着いたばかりの時に話したじゃない。自分自身が変わってきたことを自覚しているし、自衛隊になじんだって。ここが私の居場所なんだって、言えるようになってきた。だから園子にも、知って欲しいのよ」

「そっか、なるほどねぇ。でも、明日は水族館じゃなくて、辺野古《へのこ》に行くなんて言わないわよね？」

「あはは、それは大丈夫。沖縄美ら海水族館は、私も行ったことないから楽しみにしてるもん」

「え、行ったことないの？　近いじゃない！」

「近いからだってば」

溝ノ口が早苗を基地内に連れて行ったように、斑尾も身近な者に知ってもらう努力をしようと思った。斑尾の友人の中でも、輿は様々な事に興味を持ち、自分の目で見ようとする性格だ。輿が興味を持てる範囲、うんざりしない程度で、知ってもらう努力をしようと思った。

斑尾は、その思いを噛《か》みしめながらハンドルを握っていた。助手席から流れてくる、少し調子の外れた鼻歌を聴きながら。

ハルキ文庫

あ 33-4

航《こう》空《くう》自《じ》衛《えい》隊《たい》 副《ふく》官《かん》 怜《れ》於《お》奈《な》④

著者 数多《あまた》久《く》遠《おん》

2023年6月18日第一刷発行

発行者 角川春樹

発行所 株式会社角川春樹事務所
〒102-0074 東京都千代田区九段南2-1-30 イタリア文化会館

電話 03(3263)5247(編集)
03(3263)5881(営業)

印刷・製本 中央精版印刷株式会社

フォーマット・デザイン 芦澤泰偉
表紙イラストレーション 門坂 流

ISBN978-4-7584-4566-5 C0193 ©2023 Amata Kuon Printed in Japan
http://www.kadokawaharuki.co.jp/ [営業]
fanmail@kadokawaharuki.co.jp [編集]　ご意見・ご感想をお寄せください。